САРА ИЗ САРАЈЕВА

САРА ИЗ САРАЈЕВА

Алекс Сашка

Globland Books

С љубављу — породици Васиљевић из Источног
Сарајева, Свјетлани и Андреи за незаборав...

Посебну захвалност на савјетима и подршци дугујем
искреним пријатељима и мојој породици, који су ми били
велики ослонац приликом стварања овог необичног дјела:

Милени Ковачевић, Жељку Стојковићу, Војиславу Кордићу,
Милану Гутићу, Љубивоју Ршумовићу, Далибору Лукићу,
Словенки Марић, Авдулаху Рамчиловићу, Светлани Хелц-
Ковачевић, Радету Петровићу, Ненаду Пријаковићу, Асмиру
Џинди, Бранки Вукашиновић, Сузани Матић, Далибору
Ескићу, Светозару Маринковићу, Момчилу Релићу, Ивану
Ђурђевићу, Борану Матовићу, Данету Дупљанину,
Драгану Димитријевићу, Саши Љубисављевићу.

Записани у времену, сијајте у вјечности.
Хвала и пријатељима, који из својих
разлога не желе бити поменути.

Бог вас благословио, успјели смо заједно!

У роману су коришћене песме Мати, Земљо моја,
О Боже и Љубав, аутора Свјетлане и Андрее Васиљевић
из књиге Без наслова, коју је објавио Завод за уџбенике
и наставна средства, Источно Ново Сарајево.

Ваша Алекс Сашка

Не осећам се довољно стручним да оцењујем прозу, после шездесет пет година друговања са поезијом, тако да ово моје кратко размишљање о рукопису романа *Сара из Сарајева* треба схватити као добронамерно, мада недовољно компетентно. Одмах треба рећи да се ауторка трудила да поетским наративом освежи грубу стварност свуда где је то било могуће, да у језику пронађе сведока догађајима које описује, и у жељи да прича буде уверљива, узимајући на себе највећу одговорност — то очигледно и постиже.

Наслов романа садржи митолошку поруку: име јунакиње уграђено је у име града у коме се радња углавном одвија. Давно су Латини изрекли синтагму *nomen est omen* како би поручили нама будућима, да свако име има судбинско значење за именованог! На крају романа то ће се и показати, када „чика Воја” поклони Сари свеску са делима њених настрадалих сестара. Описи Радине трудноће и припреме за порођај са почетка романа су наравно — стручни, са драматичним пасажима, који се могу сматрати дирљиво узбудљивим све док се не оствари хепиенд! То ће читалачка публика радо препричавати!

Понављам, ја нисам теоретичар књижевности и не знам у који бих жанр овај роман сврстао! Као песник, могу да оценим језик којим је писан као коректан, јасан, и неоптерећен претенциозним украсима.

Укратко говорећи, овај рукопис ваља штампати, што свакако обавезује ауторку да то уради уз поштовање пријатељских савета, и како је сама замислила. На крају, морам напоменути и то да у песмама девојчица

Свјетлане и Андрее Васиљевић постоји поетског набоја, који свакако заслужује објаву дела о њиховом животу.

Београд, новембра 2022.
Љубивоје Ршумовић, песник

Ко не познаје какве су сарајевске магле, тај вјероватно никада није сазнао каква је та хладна влага која продире до костију, али исто тако засигурно није осјетио ни такву свјежину у ваздуху, такав мирис озона, мирис сувих колача са бадемима, који се свуда около шири, кад се након кише спустиш до Башчаршије да нешто на брзину купиш, или поједеш ћевапе код Ферхатовића у „Петици”. Заправо, кад боље размислим, кише и немају баш много везе са љепотом читавог Сарајева, оне тек доприносе још већем његовом сјају. Град се након кише, онако окупан и прољепшан, протегне, уздигне као да порасте, човјек би рекао да је већи и од саме Јахорине, Требевића, Игмана, Бјелашнице, Трескавице, и да се пропиње до саме равне Романије. Кренеш сарајевским улицама, свака од њих је прича за себе. Свака крије неко парче откинуте носталгије, која се скрива у њедрима и која се носи кроз читав живот. По поплочаним калдрмама, одзвања мноштво дјечјих гласова који се довикују, надгласавају, шапућу, којима се оре улице док добацују учтиве поздраве комшијама, родбини или случајним пролазницима. Ако случајни пролазник или туриста застане и на тренутак затвори очи да ослушне сву ту љепоту Сарајева осјетиће пријатност, то је неспорно, али да би могао удисати сву ту чисту непатворену љепоту града, морао би бити много дуже присутан у његовом наручју. Сарајево је живо! Мека душа која лелуја кас уздах, као титрај милог тона који вибрира и милује слух, као мирис домаћег огњишта и брижног очевог и мајчиног погледа, као први занос, као важност при првом испалом зубићу, као кикот који се расипа свукуд, по сваком сокаку, доксату, биртији, амбару, паркићу, градском тргу... Такво је Сарајево. Мирно, спокојно, достојанствено, меко, неоптерећујуће, лепршаво, објашњиво. Управо је та душа лако препознатљива, јер њу саму и тај добро знани осјећај угодности чине њени људи. Раја, сарајевска раја! Скоро сваки грађанин је Сарајлија и то је довољно рећи. Та именица толико тога објашњава.

Ниједан прави Сарајлија те неће пустити да тумараш по сокацима и улицама, ако га упиташ: „Извини, јаране, гдје се налази то и то?", или обично: „Опростите, како да пронађем ту адресу?"

Ријетко који Сарајлија ће те пустити без одговора, а појединци ће чак кренути са тобом да не базаш, не скиташ, не вуцараш се, не блејиш... И биће врло срећан што може да ти помогне, као да за то прима не знам колико велику плату... Овакви људи и овакво Сарајево је било чувено у сада већ прошлом, двадесетом вијеку, али толико снажне осјећаје провлачи ово сјећање, да би човјек могао клонути од толиких успомена и љепоте, срећан што је био дио тога.

Какво је данас — не знам. Како рекох, да би га познавао мораш бити присутан сваки дан у њему. Мораш бити спреман да ослушнеш његов уздах, препознаш вјетрове који дувају са планина којима је заштићено, да осјетиш тугу која се непримјетно, а опет тако јасно оцртава на искрицама кишних капи и да си опет раја са њим. А ја нисам у њему већ више од двије деценије, можда и три.

Да, биће три деценије за неку годину — размишљала је Рада сама за себе, сједећи на ћебету које је добила на поклон од комшинице Разије једне године за Васкрс.

И још траје. Очувано, неисхабано и недотрајало. Ђед те комшинице био је ћебеција, стари занатлија, познат по квалитетном и поузданом кројењу и штепању тањих и дебљих поњава. Те друге половине двадесетог вијека, сви су се међусобно пуно поштовали, цијенили и чували. Не дао Бог да неко некога увриједи за ово или оно, а поготово јер је друге вјере. Кад је Васкрс или Божић, њена мајка зовне комшиницу на кафу и колаче, да се у љубави испричају и да осјети прави дух меке хришћанске душе. Разија тада обавезно донесе кафу, ратлук и неки већи поклон. Тако су добили то ћебе, рад руку њеног ђеда, старог занатлије. Опет тако и њих позове комшиница када је Рамазански бајрам или Курбан бајрам. Понесе и њихова мајка исто тако кафу, шећер у коцки, уз то обавезно бољи поклон и једва се чека да се изнесу баклаве, каквих нигдје нема него када их домаћица са Башчаршије направи. Прецизно изрезани ромбоиди, пуни самљевених и ситно сасјецканих ораха, па прште брате, под зубима и крцкају. Зуби трну од слаткоће и сочности, па и у мозак су каткад знали ударити кад их се преједеш. А, дјеца међу собом нису била оптерећена ничим, сем игром. Играли су се свега. Дјечаци фудбала и кошарке, дјевојчице школице, прескакања ластиша и конопца, а сви заједно жмире, труле кобиле, па скупљали сличице и играли игру „слика-неслика", мијењали дупликате, да добију оне које немају, а заузврат понуде оне које имају вишка. Ма, живот био само такав!

Ту милину која ме разгаљује по цијелој мојој нутрини, као у мом Сарајеву, нисам више никада нигдје осјетила — настављала је Рада неки свој лични монолог, неко пребирање по најдубљим осјећањима и сјећањима, која су се неочекивано искрала, баш као када без најаве бане драг и насмијан гост, кога нити си очекивао, нити видио дуго година.

Шетала сам по киши, оној чувеној сарајевској, која је изненадна, силовита, неочекивана у љетном спарном дану. Не сипи, него у танким млазевима пљушти и натапа земљу, кваси њиве са којих се по ваздуху распростире мирис ораница и пашњака, влажи асфалт и проноси мирис прашине, мирис траве из паркова и осјећај неке дивоте у души.

А ништа друго се не чује сем звука кишних капи, док чучим под неком настрешницом, или некдашњом црвеном трафиком, чекајући да прође, ако ме ухвати у шетњи. Као да се сви ућуте и ослушкују ту природну хармонију и присуство непомућене ведрине. Тако то обично бива. Људи, животиње и птице посакривају се пред налетом љетњег пљуска, на улици буде само онај ко мора и аутомобили који распрскавају сву ту воду, док возачи журе да што прије стигну кући. А након тог освјежења, нагло све оживљава. И звук трамваја, који као да се и сам сакрио под облак кише, сада јасно, одсјечно звони. Чује се како шкрипи по усијаним шинама и препознатљив писак, којим се оглашава док пристиже по станицама. Ја се крећем Башчаршијом и слушам разбуђено чекићање бакарних сахана и све подсјећа на неки камерни оркестар плехане музике. Од тих старих занатлија, са фесовима на глави и босанском ношњом, свашта можеш чути и научити. Тако сам вољела шетати Башчаршијом након тог љетњег пљуска, када сунце поново одскочи на небо и осуши плочнике. Све разбуђено некако дотјерано, чисто. Мирис кафе, праве босанске, надире из сваког угла и просто те тјера да је наручиш, премда ти се и не пије. Складна, чиста грла црквених звона са Саборне цркве и црквице Светих Архангела, шаљу хомофон звук литургијског појања, које је уливено у сваку капу звона.

Сабор голубова око Себиља дочарава припитомљеност и добродошлицу свима.

Мујезин са џамије моли у пет сати, а углађене занатлије препричавају разне догодовштине и свакога помало претресу. Они о свима, макар о оним познатим Сарајлијама, толико тога знају. Ко је пропао, ко је успио, ко се одселио, а ко остао. Коме је, не дај Боже, дијете болесно, за кога се сакупља помоћ, кад ће код комшије „слатка“ због вјенчања, куповине куће или аута. Стари дух турског доба и даље њушка по ћошковима и закалдрмљеним улицама, као да се један дио вјечно ушио, па не постоји ништа без тог утканог дијела историје.

И тако, у мислима шетајући сарајевским џадама, зажалих што нам оде тај двадесети вијек. Све је било другачије у њему. Дјеца су била другачија, кише двадесетог вијека су доносиле освјежење, бистрину, прочишћеност, лакоћу, за разлику од ових данашњих тешких, оловних, у чијим капима одзвања мржња комшије према комшији, похлепа, завист и сиромаштво духа. Зато рекох да ово Сарајево, модерно и опасано двадесет првим вијеком, није ни блиједа слика оног града широких и здравих плућа. Сјећам се да је у оно вријеме било старих комшија којима је задовољство било пренијети знање. Ако некога од њих упиташ нешто, то га је чинило толико почашћеним да би сав треперио у жељи да што јасније објасни, па онда стрпљиво и напето чекао да још појасни, ако ниси најбоље похватао све што ти је говорио. А данас...

Данас, кад се покаткад спустим до мог Сарајева, схватим да је тако мало остало од њега. Као када се вратиш некадашњој љубави, а она измијењена, другачија, позната, а некако туђа.

Старе моје комшије су поумирале, друштво се разишло којекуда, школски пријатељи, они који нису у иностранству, обрадују се, истина, нашем сусрету, али нема се времена за кафу, разговоре, подмлађивање успомена. Сви некуда јуре. Истини за вољу, поједини школски другови ме избјегавају. Дубоке су то ране из тих несретних ратних година... Чини ми се да нису зарасле нити ће икада. Као рак који се терапијама држи под контролом, али је присутан и знаш да више ниси здрав, а питање је и да ли ћеш икада више бити. Посјетио те је тај подмукли хајван, па рује, рује...

А опет, не дам рећи да сам ја крива, или било ко са ким се срећем ових година по мом Сарајеву... Ја не дам, али многи то допуштају! Не желим се много дотицати те теме. Нејасна је, лажљива, фингирана и обесмишљена. Крајем тог двадесетог вијека дође вријеме да филцан замрзи шољицу, а боме и обратно, шољица — филцан. Не снађох се у томе, нити су ме моји за то припремили. Учили ме човјечности и комшијском поштовању. Кад се само сјетим комшинице Разије и њеног ћебета које нам поклони за Васкрс...

Дође она један дан, тих деведестих — била сам већ дјевојка, и рече мојој мајци:

„Недо, знаш ме — знам те. Не дао Алах да се шта поприједо погледамо. До сада нисмо никад, па нећемо ваљда ни сад кад нас други заваћају и гложе. Хоће бона, да се замрзимо, ваља им продати све то силно оружје и побацати бомбе по нашој Босни. Знаш колико се твоја Рада играла са мојима, и у школу су скупа ишли. Ал' аман араби, дође неко погано вријеме, па ти дођох рећи — склони се! Склони чељад своју и сви бјежите! Неће ваљати овдје, а ја нећу моћи гледати ако вас ко нападне и убија... Имам своју чељад и не би смјела стати на страну непријатеља. Тако бона, испаде да смо сада непријатељи, а поваздан сједиле скупа, испијале кафе, ишле једна другој на Васкрсе и Бајраме...”

Заплака се она ту и грли мајку, не зна шта би даље рекла. Мислим да нам је она и спасила животе.

Неколико дана послије нашег изласка, побише моје добре комшије. Отјераше их неки зли у логор „Виктор Бубањ”, а Милану, моју школску другарицу до данас нису нашли. Била је дјевојка за примјер, лијепа, наочита... Рат, проклети рат!

Свака искрена и поштена душа била је за мир и поштовање, суживот и помагање једних другима. Колико руку и људских душа су мобе окупиле на једном мјесту. Ибро прави кућу — Марко, Стојан, Хамдо и Иво у радости добацују један другом: „Хајде људи, киша ће, нема стајања!”

Руке лете, а искрена радост због комшијске среће, очита је на лицима мушкараца и њихових жена које се утркују и сложно договарају, која ће шта вриједним рукама приправити, па кад брате, Сарајевом замиришу бурек, зељаница, сирница, чорбаст пасуљ, а оно још веће и уздигнутије од такве људскости.

Опет, кад је неки, не дај Боже, смртни случај, ето комшија да те снажно загрле у ћутњи као да је и њихов лични бол, стежу усне, не знају шта рећи, плачу...

Дјеца иду на екскурзије, опет мајке у јединству питају које ће дијете шта понијети, да се не деси да једно има што ово друго нема. Да су исти, да се не одвајау чак ни у тим ситницама...

Не дам овај осјећај да оде! Ово туге што се скупило у срцу је глас из душе и ваљда неки знак да сам још жива и иста од некад. Ех...

А сада моје Сарајево изгледа свечано, али тужно. Као кад се гости разиђу након весеља, па остане крш иза њих и празне чаше и флаше попијеног пића, столови нераспремљени, па нису више ни лијепи. Све дошло некако суморно и пусто, а они балони што висе по шатрама, дођоше некако неприкладни, као шарене минђуше на старом, оцвалом увету времешне даме. Ех, моје Сарајево! Ех, моја младости, моје дјевојаштво! Изласци у кино Радник, кино Партизан, на брзину поједен сладолед у сластичарни Оломан, или уз шетњу дуж Титове улице у сластичарни Египат. Изласци са рајом у Сос...

Какво безбрижно, лијепо вријеме. Изазива сузе, жељу да се све врати и да се потпуно избришу неке године, да их нема, да се нису десиле.

Тишина јунског јутра лелујала је дуж болничког круга Клиничког центра Касиндо. Невидљиви небески застор спаде и ноћ се распукну притиснута сјенкама новог јутра. Уздрхтала измаглица ноћи сакри се у прхке трбухе облака, те смјена тмине са зором најави праскозорје. На меким кољенима, допузавши без иједног шума, извукоше се плавичасте сјенке које превукоше један дио свода, а затим се лаке њежнорозе нити спојише у чврст загрљај, ишчекујући прасак боја и скорашње излетање сунца из те дубине. Све се одвија у потпуној хармонији, миру и тишини рађања новог дана. Та експлозија ружичасте свјетлости раскомадала је и посљедње трагове црнила на небу. Као да је нар распукнуо и небеса залио руменилом. Чинило се да је складом боја, облика и линија искусни импресиониста оживио то читаво јутро, пренијевши сву љепоту са платна у стварност новог дана. Свјежина раног јутра потече ваздухом. Први сунчеви зраци дотакли су уснуло лице Источног Сарајева. На лаганом јутарњем повјетарцу њихао се строј боровог дрвећа, стресајући суве иглице које су лагано падале на пријашње гомиле. Низ високо зимзелено дрвеће, као низ тобоган, спуштале су се вјеверице китњастих лепезастих репова. Жамор птица као да је мировао до рађања зоре, кад се расуо кроз крошње дрвећа појући пјесму новом дану.

Подно широке стазе чуо се жубор бистрог потока, на чијем дну се блистало оштро, неравномјерно камење, док је јато ситних риба брзо пројурило нестајући у непрегледној дужини воде. Бијела болничка зграда штрчала је заклоњена густим дрвећем и одолијевала је зубу времена. У скорашњем грађанском рату промијенила је своју првобитну намјену.

Од болнице за респираторна обољења и туберкулозне пацијенте, претворена је у Општу болницу, која је касније са све већим доласком искусног хируршког кадра — љекара и сестара, као и успјехом на пољу збрињавања ратних рана под вјештим и сигурним вођством тадашњег директора, професора Славка Ждралета, добила круну Клиничког центра. Довикивање ужурбаних радника, пријављивање доласка на посао портирима болнице, расу малопређашњи мир. Све оживи за кратко вријеме. Велики болнички круг обузе вика, узбуђење и хука мотора аутомобила.

Жути такси се полако заустављао испред улаза у зграду гинекологије.

— Хвала Вам — зачу се промукли женски глас пружајући возачу новчаницу, не чекајући кусур.

— Хвала Вама — довикну возач за њом, већ напуштајући паркинг.

Болничким вратима прилазила је жена држећи објема рукама велики стомак, очито свега неколико сати до порођаја.

На њеном лицу био је видљив умор, са упадљиво тамним колутовима испод крупних, црних очију. Чинило се да је лоше спавала ту ноћ, а можда је њена несаница трајала и дуже.

— Хајде Радо, чекамо те — слабашно се осмјехну љепушкаста, млађа сестра, сагнувши се да јој подигне торбу са стварима. — Сама си дошла? — погледа је упитно.

— Нисам сама, никада нисам сама. Знаш ко је увијек уз мене и ко ме је довео — погледа у њу и заћута.

Сестра у тегетплавој униформи брзо склони поглед са Радиног лица и саосјећајно јој стисну влажан длан.

Да није било тог трудничког стомака, нико не би могао да претпостави да је ова жена трудница. Није изгледала као остале будуће мајке које су се шетале ходником веселих лица у шареним хаљинама. Очи јој раширене, чудно тамне, а опет сјаје упркос некој недокучивој боли у њима. Гледала је тако тужно да би свако погледавши је, и не знајући због чега, заплакао. Из крупних очију избијала је нека страшна бол. Била је у касним тридесетим. На себи је имала затворену, памучну црну хаљину, која је наглашавала да је ова трудноћа другачија него код осталих жена.

Ћутња и нека одсутност избијале су из њеног лица, па се на тренутак чинило да је у неком свом, много даљем свијету и да се тако брани. Тако живи.

Погледа у плаветнило неба и на уморан израз лица навуче слабашан осмијех.

— Хајдемо — меким тоном проговори сестра и ухвати је испод руке док су се приближавале соби у којој су се налазиле труднице.

— Добро јутро — прозбори Рада и приђе јединомслободном крезету.

Три жене у соби погледаше заинтересовано у њу и разговор се нагло прекину. Очито је својом појавом привукла пажњу. Са дубоким подочњацима, у црној трудничкој хаљини и незаинтересованим ставом прије је наликовала жени коју је нека тешка мука измучила, него радосној и од Бога награђеној будућој мајци.

Рада спусти ствари на под, отвори шарену торбу, извуче меки фротирни пешкир, и положи га на јастук. Затвори торбу која је на чудан начин разбијала црнило које је лебдјело око ње, сједе на кревет и загледа се испред себе.

Чинило се да није ни примијетила остале три женице и да је, по некој устаљеној навици, пожељела добро јутро.

Све три готово углас одговорише:

— Добро јутро!

Пошто је осмотрише и задовољише своју знатижељу, као да не нађоше ништа занимљиво на њој, наставише разговор који је до малочас вођен.

— Тако вам ја, драге моје, рекох оном мом неодговорном мужу. Свака част мени! У условима у којима ни пас не би живио, а камоли човјек, ја сам све подносила. Рекла сам му ја, видио би ти, драги мој, да ти је нека друга жена запала. Видио би и хватао се за главу шта те је снашло. Не би од кукњаве неке друге могао главу дићи и журио би сваки дан са посла кући, а не би имао времена за кафану — блиједог али одлучног израза лица погледа у жену преко пута себе, па настави: — Него ја будала, да извиниш, способна, ћутим и све сама радим. Ма, свака мени част! Каже мени поп скоро: „Ћути, сестро, радуј се што те не хвале, не ваља. Стигну многа искушења, а поготово није добро самог себе хвалити.” А, види, молим те! — прену се увријеђено она, па опет као да и себе и њих убјеђује у исправност другачијег става: — А, што се не ваља хвалити?! Што да ме не похвале ако је нешто вриједно тога? Како да човјек зна кад је нешто добро урадио, ако нема похвалу? Глупости! Вала, има да хвалим себе кад нема ко и неће нико! Шта сам ја све прошла, свака мени част! Ма, добро је изигравати мимозу и пренемагати се. Они воле такве. Трче таквим женама. А, не кô ја! Све могу сама, све хоћу сама, дај да га дочекам са ручком и кад од болова не могу да стојим, па Стојанка, ето ти га! Друга му је боља и љепша — повиси тон кад то рече, а глас поприми крештав звук. Њено лице доби још блијеђу боју, па гласно заплака.

У соби наста непријатна тишина. Рада погледа у младу жену са неком новом заинтересованошћу и на тренутак задржа поглед на њој, па поново утону у своју ћутњу као да се ништа није десило. Једна од оне двије женице убјеђиваше је да ће све проћи када се породи и да ће бити боље, а друга је, насупрот њој, тврдила да ништа неће бити боље, али шта је брига! Имаће себи дијете, родиће га, а њега, ко шта пита! Нека се разведе. Млада жена је неутјешно плакала и соба је намах попримила изглед неког тешког одјељења, у коме су прије ће бити болни пацијенти него жене које ће за неки дан или сат донијети нови живот на свијет. Рада се склупча на кревет и окрену се на бок према зиду. Лице јој доби мучан израз.

— Боли ли те? — упита једна од оне двије жене које су тјешиле трећу. — Кад треба да се породиш?

— Не боли ме — кратко одговори Рада и опет утону у себе.

— Ми смо овдје све близу — опет настави жена не обраћајући пажњу на очиту Радину потребу да се не упушта у даљи разговор. — Ја сам пренијела четири дана, сигурно ће ме данас породити. Носим „царевића”, мушко — а онда уз нескривен понос у гласу рече — прво мушко у посљедњих четрдесет година у Марковића фамилији! Ја сам Младенка — присјетивши се да се није представила — а оно је Стојанка. Преко пута мене је Далиборка. Како се ти зовеш?

Рада је ћутала немајући вољу да одговори нити да улази у дијалог са цимеркама. Жељела је само да се мислима, у ћутњи, припреми за порођај. Болови су били израженији. Све три жене се погледаше, па и оне заћуташе. Свака се увуче у своје мисли и све задријемаше.

— Радо, хајде на цетеге — прекину дремеж сестра кестењасте косе која ју је дочекала на болничким вратима. — Стигао ти је и муж, чека у ходнику. Можеш ли сама?

— Могу — кратко одговори Рада и спуза се низ кревет.

— Да ти помогнем? — приђе јој и понуди руку да се прихвати за њу.

— Ма могу, бона, сама, не бој се. Шта сам све предеверала — замишљено рече, па поново уђута.

— Хајде, хајде Радо — веселим тоном је дочека докторка Зорица Копривица и загрли је као стару добру пријатељицу. — Како се осјећаш?

— Добро сам — погледа је повјерљиво и лагани осмијех пређе преко њеног измученог, али лијепог лица.

— Не бој се, све ће бити добро. Велики је Бог, велики! — узвикну докторка значајно и пљесну руком по кревету, дајући јој на тај начин знак да легне.

Намјестила је сонду на њен стомак и омотала је тракама да не склизне. Укључила је апарат и звук срчаних фреквенција испуни собу. Откуцаји бебиног срца разлише се, док Радиним тијелом проструји исти онај дрхтај који је некада давно осјетила у својој утроби. Трепет у грудима претвори се у дубок уздах на уснама, и њено тијело потресе јецај. Вруће сузе су се у танким млазевима сливале низ њене образе. У ушима је одзвањало пулсирање новог живота који ће за неки сат држати у рукама и жудно љубити. Из препуног срца уздаси су преплавили читаво тијело, а груди су се убрзано помјерале пратећи дисање. Као да се душа пунила неким новим доживљајем, обузе је слатка радост и занос какав није осјетила много година уназад.

Докторка Копривица је усмјерила ка њој топао поглед у коме се видјело искрено разумијевање.

— Хајде да те прегледам — рече одлучним гласом — па да видимо како се „отвараш” и кад можемо очекивати нашу дјевојчицу.

Прегледавши је детаљно, рече:

— Споро се „отвараш”. Покушај да се опустиш, да обавимо порођај данас у мом дежурству. Ово ће бити посебан дан за тебе, али вјеруј ми и за мене!

Док је то говорила, лице јој се промијени и доби израз благости, својствен осјећајним женама.

— Хајде сад у собу, нека ти Цвија помогне, а ми се опет видимо овдје за два сата. И не брини, знаш да си у најсигурнијим рукама — рече расположено и гласно се насмија на своју опаску.

Докторку Копривицу су скоро сви вољели. Од особља и колега до пацијенткиња. Можда су њен приступ и саосјећајан однос са трудницама утицали на то да су њеној ординацији и одељењу с олакшањем прилазиле и млађе и старије жене, као и особље.

Рада се, уз слабашни осмијех врати у собу, до које је отпрати муж, замишљеног и скоро забринутог израза лица. Кад уђе у собу, примијети да нема Младенке.

— Гдје је она жена што носи царског мушкића? — упита њих двије које се пријатно изненадише том промјеном у Радином понашању.

— Проговорила си и ти — развуче уста у широк осмијех женица која је до прије неки сат плакала, горко жалећи себе.

— Сестра ју је позвала на бријање и клистирање. Данас ћемо изгледа све у рађаону. Шта теби рече докторка?

— Рече ми да ће ме данас у дежурству породити, али се споро отварам.

— За лак пород и без икакве муке, четрдесет дана пред порођај треба пити маслиново уље и мазати се њиме. То сам прочитала у књизи Васе Пелагића, зове се *Народни учитељ*. Добила сам је од ујака прије неки мјесец. Боме, све сам тако радила, па ћемо видјети. Ма, само да беба и ја будемо добро, нема везе колико ће трајати — настављала је причу ситна, лијепа женица у чије лице се вратило руменило.

— Биће, све ће бити добро. Што не би било — одсутно додаде Далиборка, посматрајући своје лице у огледалу и смијешећи се свом одразу. Изгледала је задовољно оним што је видјела. Очи су јој искриле. Дохвати несесер са ноћног ормарића и јарко црвеним кармином намаза усне. — Нек иде живот — весело подврисну умилним гласом пјевушећи пјесму чије ријечи није најбоље знала. У том часу у собу се врати Младенка.

— Је л' те дотјерала? — заскочи је Далиборка питањем и поче се смијати својој шали. — Јеси ли сад љепша него што си била?

Кроз собу се разлијеже смијех и Рада осјети како је напетост помало попушта. Почеле су јој се свиђати ове женице, свака са својом животном причом, али и радошћу која је у њој давно занијемила и чији дамар је данас наслутила. Надолазила јој је снага и њена душа се наново поче напајати усхићењем.

Збијајући шале, заспаше све четири.

— Радите ли ви нешто сем што љенчарите? — зачу се доктор Синиша Зубић који је стајао на вратима. Остао је данас у дежурству са колегиницом Копривицом због Раде и њеног порођаја. Да би их орасположио и ободрио, тобож им припријети прстом: — Данас ћемо у рађаони видјети чија мајка црну вуну преде — и весело се насмија на ту народну изреку.

— Ма, само да не видимо, докторе, како Муса дере јарца, а за вуну ћемо лако, ње бар има на претек — добаци Далиборка и сви се грохотом насмијаше.

— Тако вас волим, цуре, тако се стреми у загрљај чеду. Колико година се бавим овим послом, па ипак на једно нисам могао отупити! То је долазак новог бића и плач којим душа најављује личну одважну борбу кроз животне изазове. Долазак беба на свијет је небеска пјесма и сигурна потврда да Бог још није дигао руке од човјека, ма какви год да смо. Желим вам успјешан и брз порођај, а боме, самим тим Зорици и мени лакше дежурство — потом погледа на стари ручни сат и прво позва Раду да поново дође у собу за преглед и цетеге.

— Шетај мало са мужем уз степенице и низ степенице. Видјећемо за два сата поново шта се дешава. Споро, врло споро се „отвараш”.

Младенка се није вратила са прегледа. Дежурна сестра им рече да су је спустили у рађаону. Отворена је четири прста и требало би да се мушкарчић и мајка брзо упознају.

Далиборка, Стојанка и Рада остадоше у соби. Стојанка се ускоро поче жалити на учестале контракције и болове, те сестра Цвија спусти и њу.

Након сат времена уђе у собу са вијестима да је Стојанка лако и брзо родила дјевојчицу, тешку три килограма и петсто грама, да их све поздравља и жели им пород какав је она сама имала.

После два сата доктор Зубић поново позва Раду на преглед, након чега забринуто одмахну главом.

— Више од малочас си „отворена”, али недовољно драга моја. Мислим да ће порођај бити прилично тежак. Нека те сестра припреми за рађаону и спусти доље. Можда ћемо укључити индукцију, али у сваком случају не брини. Бићемо нас двоје доље, чекаћемо те. Одлучио сам да скупа са Зорицом данас поздравим твоју дјевојчицу. Нека види какав дочек има — рече замишљено доктор и потапша је по руци, храбрећи је тим гестом.

Након припреме за порођај сестра Јелена прихвати Раду под руку и како би је орасположила, водећи је ка сали, започе разговор. Несвјесна њених ријечи, као да гази у густој магли, опрезно, неким оловним кораком крену за њом, па ни мужа не погледа. Као да никога није видјела. Мицала је блиједим уснама говорећи посве тихо нешто неразумљиво, сама за себе. Дођоше до сале, а да то није ни опазила. Као у полукошмару, смјењивала су јој се лица доктора Зубића, докторке Зорице, сестара, док су је лагано стављале на кревет, мјерећи притисак и пулс. Примијетила је и Младенку поред себе на столу, расуте мокре косе, намученог израза лица. Помисли на час да је вјеровала како се она већ породила. Младенка окрену главу ка њој и слабашно се осмјехну. Рада не одговори на очит знак подршке.

Притисла је нека мука на срцу, па никаквог гласа не даје из себе. Ћути и лежи док је прегледају и нејасно машу главом гледајући једни у друге.

Сестра принесе сталак са инфузијом, убризга нешто у пластичну флашу, и лагано, лупкајући је по надланици, убоде браунилу и укључи боцу да тече споро, кап по кап. Сви су се налазили око ње, прилазећи кревету и смијешећи се, питајући је како се осјећа, а она је готово одсутно климала главом, не дајући ни гласа од себе.

Умртвила се укоченог лица, без икаквих осјећаја зури у строп сале и једва примјетно миче уснама, скоро без покрета. Приђе јој докторка Зорица и меким гласом рече:

— Хајде, Радо, сарађуј са нама. Гдје си одлутала, мила? Ту смо сви. За кратко вријеме очекујемо наше чудо, наше мало чудо, али не смијеш се удаљавати од нас.

Доктор Зубић јој провјери пулс и опет се нашали да јој измами осмијех на лице, али она једнако ћути и, као да гледа кроз њих, поче се клатити лијево-десно.

— Изгледа да су кренули мало јачи болови. Зорице, хоћеш ли ти или ја да је прегледам?

— Можеш и ти, кад си поред ње — рече докторка у бијелом мантилу, забринутог израза лица.

Нису очекивали баш данас овакву одсутност жене на столу. Ово је за све њих једнако важан дан. За њу и њеног мужа најважнији.

Шуштећи мантилима, доктори и сестре прилазили су час Ради, час Младенки.

Докторка Зорица приђе доктору и нешто му шапну. Он хитро приђе Младенкином кревету и намученој жени, готово онесвјешћеној од бола, рече:

— Мораћемо, госпођо, да Вас успавамо и урадимо царски рез. Беба је веома крупна. Плашимо се да не изгубимо драгоцјено вријеме. Не бојте се, све ће бити у реду.

Жена тешко изусти:

— Хоћемо ли преживјети?

— Него шта, него ћете преживјети! — весело одговори и охрабри јадну жену.

На кревету је одвезоше у сусједну операциону салу, и Рада остаде сама са докторком и сестрама.

По лицу јој се лијепио зној. Крупне грашке зноја и неразговјетно мумлање указивали су на све јаче контракције. Докторка је прилазила често и прегледала је незадовољна Радиним „отварањем". Као да ју је снажан грч јако ухватио и не попушта.

— Радо, нећемо моћи овако, мила. Мораш да ме гледаш и сарађујеш. Мораш да причаш са нама. Индукција је скоро истекла, а једва неколико сантиметара да си се „отворила". Не ваља. Врати се и сарађуј. Хајде да дишемо дубоко, ево овако — показа јој докторка Зорица вјежбе дисања.

Дуго је испуштала удахнут ваздух и помно мотрила на Радино лице, које није одавало вољу за сарадњом. Као да се предала некој равнодушности сад кад је дошла до циља.

Прошао је други сат у рађаони, доктор Зубић се појави расположеног израза лица описујући Младенкиног сина:

— Момак 5 килограма и 200 грама, 61 дугачак! У посљедњи час при прегледу сам установио да се несташко окренуо антериор, те смо избјегли царски рез. Баш нам је добро кренуло данас!

— Хвала Богу за порођај који се тако добро одвио, а момак одмах идуће године може у школу — рече сестра задивљено и сви се сем Раде насмијаше.

— Шта се дешава са њом? — упита доктор колегиницу Зорицу.

— Не знам шта да ти кажем, уопште не сарађује, потпуно се изоловала од свих нас, „отвара" се ужасно споро, као да је забетонирана.

— Плашим се да не жели да роди. Као да има неки пријекор према себи — рече сестра и погледа упадљиво Раду, желећи је натјерати да јој узврати поглед, али она је једнако несабрано стењала и гибала се полузгрченим тијелом.

Прошао је још један сат, а Рада се тек нешто више „отворила". Гласно је уздисала док су јој тијелом видно пролазили жмарци.

Уста су јој била потпуно сува, а усне испуцале. Сестра је често квасила газу водом и приносила јој уснама да је освјежи.

Порођај је ушао у пети сат. Из собе, у којој су доктори и сестре повремено одлазили да се освјеже и спусте уморна тијела, са радија су се чули лагани тонови пјесме Звонка Богдана *Живот тече у лаганом ритму*.

Симболично, смислено, нешто што се може повезати са Божанским „знаковима крај пута" када се баш на Раду помисли, чак и када постоје тренуци у којима нам није баш јасно да се све одвија по тачној, прецизној промисли Онога од кога све полази и све се завршава и коме се иде...

Из сале се чује све јасније и болније јецање.

Доктор журно уђе и погледа згрчено тијело жене, око чијег лица се као паучина уплела мокра, црна коса. Уморна, чврсто стегнутих вилица кроз које се чује неко стравично и неразговијетно мумлање, болно увија тијело. Докторка Зорица је навукла хируршке рукавице и почела је прегледати.

— Добро је, мало је „еластичнија", али неће још. Баш се мучи — саосјећајно је погледа, па се обрати колеги: — Синиша, ако буде овако споро ишло, плашим се за бебу. Као да је несвјесно гура назад, вољела бих да се породи природно, али...

— Чекаћемо још, за сада нема опасности да се беба угуши. Мене брине зашто је тако удаљена и ампутирана од свих нас. — Радоо! — громко је позва доктор и унесе јој се у лице. — Како си!?

Но она, једнако удаљеног погледа на трен обрати пажњу на његово лице и брзо управи поглед у строп, настављајући да се грчи и гризе усне. Читаво тијело јој је обливао зној, а на челу јој искочила као жила дебела вена, чинећи њено лице напетим као да ће пући свакога часа.

Након још два сата и неколико прегледа које су наизмјенично обављали, доктор и докторица скоро углас рекоше:

— Морамо хитно да је породимо или ће беба да се угуши!

Радине запјенушане усне и модро лице, које се грчило од болова, указивали су да је на измаку снага и да нема никаву вољу да се породи. Као да јој је постало свеједно, обузела ју је равнодушност која никако није била пожељна, а понајмање добра. Због болова је почела гласно да јауче, али као да се помирила са тим уз неко чудно и примјетно трпљење, које се растакало у неподношљиво кидање тијела. Истрајавала је у том болном заносу, као да је свјесно одлагала сам чин рођења и додира бебе и мајке.

Докторка Зорица у једном тренутку успанично рече:

— Беба је на путу и мучи се, а Рада никако да се напне! — погледала је скоро беспомоћно у лице доктора Синише и прећутно затражила помоћ.

— Ево, назире се беба! Хајде, Радо, гурај! Хајде, нема сад времена за предавање и одмор. Послије ћеш спавати. Гурај! — викну доктор, пресавијен изнад њеног лица, гњечећи рукама стомак и потискујући бебу. Рада је вриштала од болова, потпуно модра у лицу.

Сестре које су све вријеме вриједно помагале, беспомоћно погледаше доктора који се у једном тренутку веома забринуо.

— Гурај, Радо, гурај, нећемо ваљда сада изгубити битку и бебу. Гураај, чујеш ли! Нема одмора!

Посљедње његове ријечи прекину Радин јецај. Тешком и млитавом руком се прекрсти и помоли Пресветој Богородици и Светој Петки, коју је посебно вољела. Нешто умилно и меко разли се њеном утробом и осјети јако олакшање. Као јутрос кад су се небом разливале боје у праску рађања зоре, тако се и њом сада разлијеже спокојство и мир, као прасак обећања Оној којој се молила.

— Напињи се, Радо! — викали су сви углас док се она у неком ропцу борила за снагу и удах којим би потиснула бебу из себе.

Тијело јој је дрхтало као у грозници, а лице попримало такав израз, као да ће сваки час престати да дише.

— Синиша, шта да радимо? — панично упита докторка Зорица гледајући у жену која је све тиши глас давала од себе.

— Радо, не дозволи да беба оде! Ни оне то не би жељеле, врати се нама, слушај ме! Напни се, сад се напни, јако! — наслонивши се на њен стомак, црвен у лицу, загалами доктор и његов глас се расу по сали попут грмљавине у муклој ноћи.

Као да се вратила из неког бунила, погледа у доктора изнад себе и снажан врисак проломи се салом:

— Опростите ми, анђели моји. Волим вас!

Као када се лед на залеђеној ријеци нагло проломи, тако у њеној утроби изненада престаде грч, страх напусти душу, док посљедњим напором удахну ваздух, напну лице и крик се пронесе салом. Зачу се бебин плач.

Мирис крви се рашири собом, док акушерка спретно прихвати бебу, са таквим задовољством на лицу, као да је њена. Однесе је до чесме на прво купање и сви одахнуше.

— Вриједило је, Радо, вриједило је ове муке — дрхтавим тоном проговори докторка.

Радино тијело потресоше јецаји и сви заплакаше, учествујући у посебном чуду данашњег дана, не само због рођења бебе, већ и због чина велике милости Божје, управо пројављене.

Е, то је дар који душа има!

Чак и када сам човјек није нешто посебно удубљен у нечију судбину и бол, зна да је оно што смо примили првим удахом при рођењу и што нас је испунило, Божанско милосрђе. Оно нас наводи да и сами учествујемо у нечијој боли или великој радости. Та Божанска нит, која надодаје себе на људску несавршеност, проговара из нас и онда када плачемо због неког коме лоше крене, али и када се некоме много посрећи, када се расплету свезани чворови и стеге у нечијем животу.

— Погледај како је лијепа, није ни модра како бебе знају бити — рече сестра Цвија и пружи дијете Ради у наручје. — Честитам, Радо! Честитамо ти сви!

Рада прихвати кћер и положи је на груди. Исцрпљена, обамрла и блажена узе новорођено чедо и прислони усне на њено меко тјеме.

Из измучене жене расу се гласан плач помијешан са смијехом, у коме се осјећало олакшање. Као да је сама, забачене, влажне главе опет пољуби бебу у тјеме, погледа у небо и захвали се Светој Петки.

— Хвала Ти, Света Петко, на мојој Сари! Хвала вам анђели моји, на вашој сестрици!

Уз очито олакшање на лицу, доктор Зубић рече сестри Цвији:

— Реците оцу дјетета да му се супруга породила, и да их је данас окупала милост Божја. Он све вријеме чека пред вратима сале.

Кревет са Радом су изгурали у ходник и ту ће одлежати два сата, како налажу болничка правила.

Далиборку су у међувремену увели у салу. Заиста ће, како су прије неки сат и претпоставиле, све четири данас држати своје бебе у рукама.

Сестре након два сата погураше кревет у собу, у којој ће још неки дан бити Рада и њена Сара. Након толико несрећних и мучних година без радости и утјехе, Раду поново зали осјећај цјелине и спајања са вишом, недокучивом љубављу, те без обзира на пријашњу бол и тугу, сада је у срцу осјећала једино спокојну сигурност и чудесну радост коју при првом додиру са мајушним бићем имају мајке. Од тог дана њено срце напусти ледена и јака бол. Остала је уочљива и јасна туга, но знала је да бол каква ју је некада нагризала и изједала, више никада неће бити иста.

Ону некадашњу мрачну и чудовишну провалију, затрпала је свјетлост која је, јасно је то осјећала, стигла равно са неба. Та свјетлост попуни тмину у дубини њене нутрине, и вратише јој се живи, снажни и прокрвљени откуцаји срца, као и први, и други, сада и трећи пут... Радост је била неочекивана и тако драгоцјена!

У четворокреветној соби, у коју сестре увезоше Раду и помогоше да се пребаци на собни кревет, уморно али растерећено, чаврљале су Младенка и Стојанка. Искрено се обрадоваше Радином доласку, а на њиховим лицима се дало уочити неко ново дивљење и поштовање. Вјероватно су од сестара сазнале о чудној и тешкој људској судбини која је морала узмаћи пред толиким Божјим милосрђем.

— Добро нам стигле, љепотице — Младенка развуче уста у широк осмијех и додаде: — Ево мом Димитрију будуће женице! Свакако и јесте момчина, може одмах да је причува.

Рада се насмијеши на њене ријечи, а Младенка тобоже забринуто добаци:

— Боме, тешко да би је причувао! Марковића је то сој. Видиш да није хтио ни да се мучи сам да изађе, скоро царским породом да стигне, па се предомисли у посљедњи час, царевић мој мали!

Стојанка се весело закикота на ту опаску и одмахну руком.

— Ах, знаш мушке, већ од првог дана покажу своју ћуд. Макар и го стизао, постави се као цар.

Све три се насмијаше узимајући своја чеда, прислањајући их на спремне дојке пуне млијека.

— Шта си ти добила? — окрете се Рада Стојанки озареног израза лица.

— Дјевојчицу, као и ти. Ово је Теодора. Ех, већ сада помишљам на све муке које женско чекају кроз живот — уздахну више за себе и гледајући дијете очима препуним љубави, прислони малу главицу на крупну, бијелу дојку коју оно неспретно напипа и прихвати.

Гледајући то мало створење, заплака. Овог пута сузе нису одавале бијес и жаљење саме себе, већ разнеженост која запљусну цијело њено биће. Од првог додира чеда и мајке, са првим млијеком креће повезаност два бића која ће трајати кроз читав живот.

— Како се твоја кћерка зове? — упита је Стојанка бришући руком трагове суза са задовољног и руменог лица.

— Сара. Ово је Сара, која се појавила попут сунца након облачног, леденог, пустог дана — брижљиво држећи мали смотуљак у наручју и лагано га њишући, тихо одговори Рада.

Без обзира на тако видљиву исцрпљеност која се оцртавала на њеном лицу, обузе је празнично расположење док њен лик одједном постаде тако свечан и лијеп. Полако прислони бебине румене уснице на таман круг брадавице и колострум потече њеним дојкама. Тијелом сједињеним са чедом, прођоше жмарци, а сузе се као бисери са откинуте ниске расуше по њеном лицу, падајући на умотано тијело мале Саре.

Све три жене држећи своје бебе у наручју, утонуше у своје мисли, а просторијом се чуло само цоктање дјечјих усница, док халапљиво вуку из дојки питко мајчино млијеко.

— Још само Далиборка да нам се врати и онда смо стара, али дуплирана екипа — Младенка разби ту краткотрајну тишину. — Зна ли се како је она прошла? — погледа Раду као да је она имала тај податак код себе.

— Не знам, када су ме извели на ходник након порођаја, њу су тек увезли у салу — рече и настави посматрати свој замотуљак са кћерком.

— Ко зна како се код ње одвија порођај — Стојанка овом више констатацијом него питањем, доврши дијалог између Раде и Младенке и подсјети их на важно искуство са маслиновим уљем и рецептом доктора Васе Пелагића. — Видите ли, жене, породих се ја очас посла, ниједан конац немам, а ви сте баш лоше прошле. Да знате за сљедећи пут, обавезно маслиново уље примијените! — те погледавши у Раду упита за Сарину килажу при рођењу.

— 3 килограма и 500 грама, 55 центиметара дугачка — јасним поносом у гласу одговори и опет спусти поглед на своју бебу.

— Као моја Теодора! — одушевљено узвикну Стојанка. — Иста килажа. Дјевојке су то, драга моја, праве дјевојке.

— Мој одмах може да их поведе на корзо — добаци Младенка и покретом главе показа на крупног руменог дечкића, дебелих округлих образа који су се чинили као двије лоптице, док је сласно сисао и повремено главицом ударао у дојку из које је пио, као да жели и посљедњу кап извући из мајке.

Врата собе се отворише и сестре увезоше Далиборку. Изгледала је врло исцрпљено, порођај је и код ње очито био спор, дуг и тежак. Пребацише је на посљедњи слободан кревет и пружише им по замагљену флашицу хладне воде. Младенка је са нестрпљењем отвори и скоро читаву сасу у суво грло. У том тренутку негдје се зачуше трубачи, и танки јецави звук виолине, која је ублажавала снажне и живе звуке.

— Видиш како моју цуру и мене дочекују трубачи — исцрпљеним, али шаљивим тоном рече Далиборка и сви се опет насмијаше.

— Тебе никада не напушта воља за шалом — задивљено рече Стојанка и уздахну. — Ех, да је мени макар мало те твоје ведрине...

— Сад ћеш је имати — подсјети је Рада на разлог среће сваке мајке и Стојанка потврдно климну главом. Коса залепрша око њеног лица и учини се тако лијепа и спокојна.

— Младенкааа. Оооо, Младенкааа — однекуд се зачу припит мушки глас.

Она се изненађено придиже на лактове, па ослушну одакле се дозивање чује, и постиђено али занесено рече:

— То је он! То је баш он! — остави бебу на кревет, па хитро скочи, подиже ролетне и нагло отвори прозор. — Стојанееее! — викну у женском заносу и сузе јој потекоше низ образе. — Стојанееее мој, само теби може тако нешто пасти на памет — устрептало рече, угледавши трубаче и Циганина са виолином.

Разлијегоше се прво танки и болни звуци виолине, а потом јасан, оштар, бриљантан и свијетао звук трубе, и просу се пред њом пјесма *Димитрије, сине Митре*, која се мијешала са виком мушкарца.

— Покажи ми га, покажи Младенкааа!

Као да све стаде у том часу, жена спретно узе дјечачића који заплака уплашен спољним звуковима.

— Види га, види Стојане. Сав је на тебе, сав је на Марковиће — раздера се из сувог грла и са поносом додаде: — 5 килограма и 200 грама, 61 центиметар дугачак.

Часком се склони са прозора, те опрезно и лагано подиже бебу умотану у пелене да мушакарац подно прозора може макар мало да га осмотри.

Заплака се мушкарац, заплака дјечак и све три у соби дирнуте додиром неке чудесне љепоте, која ничим не може да се опише.

Сестра запрепашћена уђе у собу и пријекорно рече:

— Побогу, госпођо, није ово кафана, ово је болница. На шта личи то врискање и музика!? Звала сам портира да их отјера, сачувај Боже, свашта ће се све видјети овдје.

Младенка се као у успореном филму окрену, те као да то све опраздава, рече сестри:

— Након четрдесет година у кући Марковића родио се син.

Сестра је погледа, па одмахну руком, не знајући да ли да се и даље чуди поступку мушкарца, или да је као жена разумије. Помирљивије слегну раменима и изађе из собе.

Још неко вријеме су се чули звуци пјесме која је пролазила, ни за тон се не утишавајући. Како су се удаљавали из круга болнице, тако се све слабије чуо глас и пјесма мушкарца који је потпуно без слуха, али сређан пјевао: *Родио се син, мали господин.*

Младенка их испрати погледом и озарена затвори прозор.

— Такав вам је мој Стојан! Такав! Душу ће дати за нашег Димитрија и мене — па покуша да умири крештав плач бебе, гурајући му дојку у уста.

Стојанка очима препуним бола и туге погледа своју дјевојчицу, и са плачних усана оте јој се уздах:

— Ко ће нас овако дочекати, Теодора моја мила, ко?! — готово снажно подврисну и уплаши бебу, те се зачу продоран плач, а за њом се заплакаше и остале бебе. Димитрије је умирен сисао и мицао усницама, док му је млијеко цурило низ танку линију браде.

— Шта вам је, жене? — нестрпљиво рече Рада. — Препале сте бебе! Убрзо се све утиша. Бебе сите и задовољне заспаше.

„Шта ти је беба", помисли Стојанка, дирнута спокојним малим лицима која су вирила из бијелих, памучних пелена, омотаних око тијела и главица, „довољно је да су суве и сите, да би биле сређне".

Након лаке вечере и бистрог наранџиног сока, које сервирка донесе породиљама пред одлазак кући, сестре уђоше у собу са колицима и поређаше све четири бебе. Спремале су их за пресвлачење и преглед. За сат времена их једнако поређане вратише мајкама, и сестра Цвија расположено рече Ради:

— Сара је добила чисту десетку на прегледу. Браво за њу и браво за тебе! — пољуби своју драгу пријатељицу и радницу болнице прије одласка, па тихо притвори врата за собом.

Густи сноп свјетлости, који је продирао у собу из освијетљеног ходника, паде на Сарино лице.

Рада се прекрсти па закрсти своје уснуло чедо и спусти се поред ње, посматрајући је нетремице. Радост која се подизала до груди била је тако снажна да је скоро вријеђала њене устрептале мисли. Исцрпљена, уморна, али смирена, заспа поред свог чеда, уснивши јасан и упечатљив сан:

Шета обалом мора док јој ноге урањају у дубок, ситан пијесак. Једва успијева да их чупа из дубине влажне, ситне масе, гласно зовући два женска имена, ударајући се стиснутом шаком у прса. Ноге све више урањају у густу растреситу масу и схвата да је гута живи пијесак. Њен гласан врисак удара о стијене и шум снажних таласа га заглушује.

На воденој распомамљеној површини види двије ситне главе и руке које јој се пружају, док их она покушава дохватити, узалуд пружајући своју руку да се прихвати за њих. Најeдном те ситне прилике нестају под огромним таласом који их гута, а њено тијело прождире житка маса на жалу. Из болног срца пролама се немоћан врисак: „Зашто, Боже?!”

Најeдном, небеса се отварају и из поцијепаног облака раширених, величанствених крила излијеће бијели голуб око кога се шири заслепљујућа свјетлост и брзо се спушта до ње. Као на успореном снимку, шири снажна и чисто бијела крила, док лети око њене главе и људским гласом је дозива:

„Мајко, ухвати се за моја крила, ја ћу те извући!” Она зачуђена људским гласом једног голуба, поготово што је ословљава ријечју мајка, пружа руке ка раширеним крилима и хвата се за њих. Под прстима осјећа напор и жељу голуба да је спасе и извуче из глиба у који сваки секунд све више тоне. Чује његово тешко стењање и како отежала крила почињу да му се крше и ломе. На тренутак, када се чинило да је све залуд, да ће голубија скршена и поломљена крила остати на жалу, а она потпуно потонути, величанствена и блистава свјетлост се рашири и појави око ње. Са лакоћом је понесе у висину и лагано спусти на земљу. Поново људским, уморним гласом голуб проговори: „Не тугуј! Никада више не тугуј! Ја сам сада ту и нећу те више пустити да плачеш и самујеш! Запамти то!”

Као да се ноћ убрзано удаљи. Уз тешко стењање које прате кошмарни снови, Рада скочи у полусједећи положај, док јој је срце ударало у грудима као да ће се распрснути сваки час. Сунце је већ високо одскочило на небу.

Видјевши да никога нема у соби, а ни њене бебе поред ње, панично врисну, гласно зовући сестру.

На вратима се појави лијепа сестра дуге плаве косе и пришавши кревету је умири.

— Смири се, Радо, све је у реду. Жене су отишле на туширање, а бебе су на пресвлачењу. Спавала си тако чврсто да ми је било жао да те будим. Дођи мало к себи, па ћу се вратити да ти помогнем да одеш до купатила и истушираш се. До тада ће твоја Сара већ бити пресвучена. Данас би требало да прими бе-се-же вакцину. Не бој се — топло се осмјехну и помилова је по потпуно мокрој коси. — Дођи ћу за пола сата по тебе, а до тада се смири. Све је добро.

Рада клонуло паде на кревет и забаци главу ка прозору који се налазио изнад њеног наслона. А на симсу, иза прозорског стакла, тог јутра — гугутка! Блиставо бијела гугутка скупљених крила, мирно стоји као да је већ дуго чекала да је Рада запази. На сунчаној свјетлости као да се сва пресијава. Дуж сребрнастих крила небескоплави прелив, као да расипа мастило дуж витког тијела. Крила се рашире и опет лагано скупише.

Голуб их напослијетку прислони уз грациозно тијело. Помно посматра Радино лице и њене очи, из којих као два поточића лију вреле сузе.

Голуб је изгледао тако величанствено отмен на дневној свјетлости. Накриви главу на једну страну и полузатвореним, ситним очима жмирка, не скидајући поглед са њеног уплаканог лица.

Изненада се подиже у ваздух, још кратко вријеме лепећући раширеним, сјајним крилима. Онда се поносно уздиже и одлете у висину ка облацима.

— Анђели моји! — писну Рада уз дрхтај који потресе цијело њено биће. — Ви сте данас биле ту док сам рађала. Све три смо узносиле нови живот, миле моје. Хвала Вам, мајко Богородице и Света Петко, на овом виђењу и мојој Сари!

Након пола сата сестра, како је обећала, дође по Раду и запази да је проживљавала неку унутрашњу драму. Не упита је ништа, само је веома благо подиже са кревета и поведе у купатило на прво туширање након порођаја.

— Цуре моје — огласи се докторица Зорица, која сљедећег дана уђе у њихову собу са доктором Синишом Зубићем. — Јесте ли спремне поћи својим кућама сутра? Позвали смо твога мужа Радо, он ће доћи по тебе. Успјели смо — додаде благо и ућута.

— Ово је најдириљивији порођај у мојој каријери, а мислим да то осјећање ничији наредни порођај неће промијенити. Сигуран сам да ћемо сви памтити 19. јуни, од сестара до нас љекара — рече доктор и благо је ухвати за руку.

— Хвала Вам, докторе. Хвала докторки и сестрама, хвала свима. Сервиркама, спремачицама које су сваки час улазиле у нашу собу и питале треба ли нам нешто, често бришући под да нам буде угодно и чисто. Хвала Богу и мојој Сари, која је стигла у мој живот да ме усрећи и оснажи!

Све четири жене су размијениле бројеве телефона и чврсто обећале да ће остати у контакту. Дан је протекао у пријатном ћаскању неоптерећеном било каквим болним темама. Свану ново јутро и дође вријеме поласка кућама.

По Младенку је стигао луксузни аутомобил окићен плавим балонима.

Срећног осмијеха носећи у наручју крупног дјечачића, поздрави се са осталим женама које су је посматрале начичкане на прозору.

Висок, крупан мушкарац, поносног израза лица, прихвати бебу, а њој пружи богат букет бијелих ружа. Док је сједала у ауто, подиже још једном поглед и посла им пољубац.

По Далиборку и дјевојчицу је нешто касније стигао муж са кумовима, носећи цвијеће за сестре и докторку. Њој даде кутијицу из које се указа прстен уникатног дизајна, са ситним каменом бриљантне чистоће.

— Хвала ти, љубави, на овој прелијепој дјевојчици — снажно је загрли и спусти њежан пољубац на њене усне намазане јарко црвеним кармином.

Стојанка је ћутала замишљено гледајући кроз прозор, држећи своју бебу у рукама. Лице јој поприми болан израз какав имају несрећне и остављене жене.

У собу закорачи старији господин брижног израза лица. У руци је држао пурпурно црвене, мирисне домаће руже које у собу унесоше свјежину. Из њега је избијала љубав и топлина, каквом само очеви посматрају своје кћерке.

— Идемо кћери, хајдемо нашој кући. Мајка нас чека — рече и вјешто прими дјевојчицу у своје руке.

Стојанка брзо приђе Ради, пољуби се са њом и пружи јој букет домаћих ружа.

— Ово је за Сару — значајно је погледа и обје заплакаше. Невидљиво, а тако присутно саосјећање и разумијевање лебдјело је међу њима.

— Хајде, иди. Видиш да је све добро и лијепо. Будите срећне и не брини се. Ко те буде заслужио, знаће какву ће дивну душу имати поред себе — рече Рада.

— Волим вас — плачем се загрцну Стојанка, и ухвати оца под руку, кренувши у нов живот испуњен подршком родитеља и бригом око новог бића, које ће јој давати снагу када буде клонула.

У подне се појавио просијед мушкарац, са уредно пошишаним брковима, несигурно стојећи на улазу у болничку собу, као да није знао шта да уради и како да приђе кревету вољеног дјетета и жене, те оклијевајући прошапта:

— Како си?

— Добро сам — суво одговори Рада чврсто стежући завежљај у рукама.

— Могу ли да је погледам?

— Наравно да можеш, какво је то питање? — подиже Сару и принесе је до његовог узбуђеног лица. — Види је како је лијепа — прошапта Рада, нудећи му завежљај са бебом да је осмотри.

— Јесте, веома је лијепа. Личи на њих двије — промукло рече, подиже торбу са стварима, па се окрену према вратима, на којима су у гомили стајали љекари и сестре, сервирке и спремачице, бришући уплакана лица, те снажно загрли Раду.

— Срећно, љепото наша — скоро углас рекоше сви.

Рада једва суздржавајући јецај, наслони Сару на подлактицу и држећи мирисне домаће руже у другој руци, окрену се да осмотри кревет и собу у којој је претходних неколико дана доживјела трајно пријатељство са дивним женама, уснила невјероватан сан и дијелила прве тренутке са својим новорођеним чедом.

Подиже поглед ка небу, а на прозору бијела гугутка стоји и посматра је ситним очицама. Рашири крила, кљуцну о стакло прозора, и одлети у небеско плаветнило.

— Мама, мамааа! — са узбуђењем у гласу викала је љупка десетогодишња дјевојчица, зајапурених образа трчећи мајци у загрљај, док је суви морски пијесак прштао под њеним ногама.

— Шта је тако хитно, Саро? — упита Рада помало нестрпљивим тоном, скидајући пешкир са лица, док се истовремено усправљала у сједећи положај, жмиркајући на јаком мељинском сунцу. — Зашто вичеш толико, цијелу плажу си надгласала? — осмјехну се, посматрајући Сару очима препуним љубави.

— Мама, видјела сам змаја који је толико високо одлетио, више се не може видјети голим оком. Једноставно су га прогутали облаци — задихано рече у једном даху. — Можемо ли ти и ја један такав купити?

— Хајде, видјећемо вечерас има ли се гдје купити такав змај. Намажи кожу кремом и трк у воду док поједеш сендвич. Сва си се усијала — брижно је пипала по раменима и рукама, вадећи из платнене торбе у фолију умотан сендвич. Крајичком ока је посматрала преплануло Сарино лице, док је сласно гутала ситне залогаје и очито уживала на одмору у Мељинама, мјесту које је посебно вољела.

Гледајући је касније док је израњала и нестајала у води присјетила се колико се онда, једнако посматрајући лица њих двије, плашила за њих...

Сјетила се како се једног сасвим обичног дана, распао њихов тајни и присан савез и свијет.

Тај кишни дан, који је требало да се заврши радошћу, а насупрот томе, окончао се болом, криком невјерице и вјечним губитком...

Колико времена је прошло, а као да се све овог трена одвијало пред њеним очима. Оживљавање успомена увијек је носило тугу и стравично кидање нутрине.

— Хајде Саро, излази, доста си била у води — гласно повика Рада, и као да се трже од сопственог гласа. Имала је јаку потребу да разбије сва та болна сјећања.

Рука која је извиривала из воде махала јој је, позивајући је да и она уђе и освјежи се.

— Хајде, мама, уђи и ти у воду, баш је топла.

— Нека ме, Саро, још неко вријеме на сунцу. Касније ћу ући, а ти пожури из воде. Дуго си већ, треба да се осушиш и сунчаш!

Сара се враголасто закикота и врцави осмијех пређе њеним љупким лицем. Настави вјешто да плива грациозним покретима, сјекући површину воде. Сва та слика њене појаве, у једном тренутку, подсјећала ју је на младог делфина који се раздрагано праћакао у води...

Рада извади термос боцу са врућом кафом и одви кроасан из вакуум паковања. Са нескривеним задовољством на лицу посматрала је кћерку и очи јој се напунише сузама.

Све је подсјећало на њих двије. Свака увала, плажа, као да је и свако зрно пијеска носило отисак њихових стопа, иако су их таласи већ одавно спрали и однијели у морску дубину.

Са њима је долазила у Мељине, баш као сада са Саром.

Имале су толико много успомена, уобичајених навика и омиљених мјеста на која су трагајући набасале. Често су се у шетњи дуж плаже знале задржати скупљајући шкољке и каменчиће. Тако су откриле и стари напуштен чамац, који је лежећи на врелом пијеску нијемо свједочио дугу историју Мељина и њихових становника. Сјећања која режу срце, комад по комад...

— Сароо, одмах да си изашла из воде! — громко се разлијеже Радин глас у коме се осјећала неумољива наредба.

И њу саму изненади силина којом је проговорила. Као да је жељела да додатно објасни ту оштрину у гласу, настави:

— Више од сат времена је прошло откако сам ти рекла да изађеш, а још си у води!

Гледала је своју дјевојчицу која се приближавала, широко се осмјехујући љупкој појави из које је толико радости искрило попут сјајних варница. Омекшале црте лица указивале су да је напетост попустила, да се наново вратила садашњости и уживању у кћеркином друштву. Плажом је одјекивао смијех, ударац длана о лопту којом се група родитеља играла одбојке и весела граја дјеце, те понеки плач малих беба, које су скривене у дубокој хладовини, вјероватно због глади, гласно негодовале.

— Одлучила сам да вечерас потражимо продавницу у којој бисмо могле купити змаја, шта мислиш? — упита Сару очекујући њену реакцију.

— Ти си најбоља мамица на свијету — срећна и узбуђена дјевојчица чврсто загрли мајку.

— Добро, добро — смијала се Рада отимајући се из загрљаја витких Сариних руку. — Удавићеш ме — шаљиво се накашља, опонашајући особу која се дави.

Обје се гласно насмијаше и Сара намјести велики пешкир преко лежаљке на којој се задовољно опружи. Очима пуним љубави погледа у љупко и крхко тијело своје дјевојчице, и брижљиво подеси врат сунцобрана, штитећи је од јаког сунца.

— Како нам је лијепо, зар не Саро? — након извјесног времена проговори, погледавши у правцу лежаљке.

Сара је мирно спавала. Једну руку је поставила под образ, а друга је лежала преко прса која су се равномјерно дизала и спуштала.

Рада затоми уздах који је често потискивала у крајњу дубину себе. Сарино лице било је тако благо и мило. Имала је стидљив осмијех који је толико подсјећао на једну од њих двије... Пред очима изрони њихова слика.

Прије петнаестак година биле су ту скупа. Одлучиле су се за Мељине једногласно, након одласка у путничку агенцију и каталога који је нудио јасан и сликовит опис тог чудесног мјеста. Сјећала се своје двије дјевојчице, које су у једнодушном расположењу викнуле: „Урааа!", правећи планове за одлазак на море.

Очарале су их Мељине, које ни за слово нису биле другачије од понуђеног садржаја у каталогу.

Свјетлана је, волећи путописе, готово сваку ријеч упила из шарене књижице. Носила их је и Рада у срцу, као дио Свјетланине љубави ка путовањима. Гледала је пред собом витку дјевојку, округлих зелених очију из којих је, као звјездани рој, сијала радост. Кратко подшишана коса — рок фризура, подијељена у једнаке нити средње дебљине, од којих је свака премазана гелом и подигнута на врх, док су са стране такозване „шестице" допирале до високих јагодица, истичући њено лијепо, младо лице, црвене пуне усне... Неуобичајена и тако другачија од других дјевојака. Из њеног лика избијали су снага и повјерење, радозналост и интелигенција. Пазила је на сваку појединост. „Сара има њену радозналост за знање и новине", помисли на трен, присјећајући се Свјетланиних паметних очију, оивичених равним, оштрим трепавицама и очаравајућег, широког осмијеха са ниском бијелих крупних и здравих зуба...

Гледала је Рада у даљину опхрвана тежином сјећања и успоменама.

— Боже! — излетје јој ријеч која је дуго бољела.

Није је изговарала неко вријеме, као да је била неподесна, туђа... Патња за њима била је дубока и вјечна. Удаљавала је од себе ова сјећања која су је наново забољела, не осјећајући да гласно плаче и привлачи погледе људи на плажи.

— Мајко, опет на њих мислиш — освијести је Сара, која се пробуђена брижно унесе у њено лице. — Немој — рече тихо и сама заплака. — Боли ме твоја бол. Сестрице би вољеле да се више смијеш, а мање патиш. Ја бих вољела да те гледам срећну сваки дан...

Најдаред се распрши одбљесак Свјетланиног осмијеха пред њеним очима и топло погледа у Сарине очи.

— Нисам несрећна, душо моја једина. Ти си ми радост и утјеха, моје царство свих њихових исказаних и неисказаних ријечи. Некада сам била тужна, али нисам више након оног посебног дана у коме си стигла. Волим те више него што то можеш да замислиш — ведрина јој пређе преко лица и пољуби Сару у слану косу. — Ух, како си преслана — намршти се, тобож бришући уста и колутајући очима. Тај призор развесели Сару, и обје се насмијаше. Расположење и радост се поново увукла међу њих.

— Хајдемо у собу — проговори Рада испраћајући са Саром посљедње трагове сунца које се спуштало у воду.

— Баш нам је био диван дан, мајко — умиљато проговори дјевојчица, прикупљајући ствари у торбу за плажу.

— Још није готов, заборавила си на змаја. Идемо да га тражимо вечерас — расположено јој намигну.

— Ти си најбоља мамица на свијету — објеси јој се о врат, скачући весело у мјесту. — Волим те!

III

Бока Которска је највећи, а вјероватно и најљепши залив Јадранског мора, препуна божанствених мјеста за љетовање. Љепота природе и славна историја чине је јединственом на свијету. Рада је то знала. Знале су и њих двије.

Жељела је да и Сара то спозна, па је одлучила да је поведе у шетњу с локалним водичем, који је туристима откривао све дражи ових простора.

— Свуда около је готово потресна љепота — скоро у даху је окупљеним шетачима започињао историјат бококоторског залива, човјек у ланеним панталонама и свијетлоплавој кошуљи, ослоњен на зид путничке агенције, из чије унутрашњости се назирао пријатан амбијент употпуњен картама залива, сликама, лампама које су бацале пригушене сјенке на опуштајући изглед читаве просторије и шареним сувенирима, који су парче сјећања на тренутке одмора и кратког заборава на све обавезе и проблеме који су остављени код куће.

Рада и Сара стајале су у окупљеној маси и слушале стрпљиво и љубазно приповиједање водича пријатног изгледа, који није скидао осмијех са лица. Видјело се да ужива у свом послу и да га професионално ради. Одушевљено је слагао епохе од античких времена до скорије историје, набрајао умјетнике и њихова дјела. С много љубави причао је о Госпи од Шкрпјела и жељи људи да на хриди, гдје су нашли икону Богородице, подигну цркву. Сара је све пажљиво слушала.

— Хеј, јеси ли чула да је за сутра организована тура бродом по бокоторском заливу, мила? Хоћеш ли да те води мама, да се љуљушкамо бродићем и уживамо у овом нашем одмору?

— Хоћу — весело се осмјехну дјевојчица и наслони главу мајци на раме.

Стајале су још неко вријеме, а онда се Сара присјети:

— А, змај!? Гдје ћемо њега наћи? — ускликну и погледом потражи по просторији агенције као да они продају змајеве.

— Успут ћемо га негдје пронаћи, а ако не нађемо, обећавам да ћемо у мјестима гдје се сутра зауставимо тражити упорно као гусар благо!

Сара се опуштено и гласно насмија са великом љубављу гледајући у мајку.

За то вријеме, из масе, човјек сиједе косе и браде посматрао их је, са неком чудном топлином као да их је познавао. Из његовог лика је избијала осјећајност, мудрост и обзир. Као да је о њима знао много више него тек обичан проматрач.

Њих двије га нису запазиле. Испратио их је пажљивим погледом док су загрљене излазиле у потрази за змајем.

Ноћ је била испуњена мирисима парфема женских прилика које су дотјеране шетале улицом, разних медитеранских јела из околних ресторанчића, цвијећа које се љепотом шепурило из дворишта камених медитеранских кућа, и јода кога су морски таласи кроз со избацивали, чистећи њиме ваздух и испуњавајући га негативним јонима.

— Узмите ове каталоге — витким прстима његоване руке, нудила их је млађа жена, бујне плаве косе и упечатљиве љепоте.

Рада и Сара су се удобно смјестиле на прамац брода и сјеле на сећију застрту шареном простирком хавајског дезена. Не обраћајући пажњу на садржај књижице, Рада одсутно погледа каталог који је био дио плаћеног путовања и његове корице је попут варнице опржише, изазивајући гушење у њој. То је био исти онај каталог који их је освојио и пресјекао дилему око љетовања, када су те давне године њих три „бацале коцку" гдје да се упуте на одмор. Преблиједјела је под снагом успомена, па дрхтавом руком подиже каталог са сједишта. Поново је обузеше успомене и пробудише бол и патњу гурнуту у дубину душе! Свјетлана је знала наизуст свако слово и садржај...

— Јеси ли добро, мама? — гледала је Сара у мајку која као да је одједном клонула.

— А? Јесам — из даљине проговори, на силу се враћајући у стварност. Помилова је по лицу и слабашно се осмјехну, угледавши потиштеност у Сариним очима. — Биће да ми се мало смучило, јер смо без доручка кренуле — брзо се досјети, не желећи да квари садашњи тренутак и успомене које ће понијети са собом.

Помало расејано поче превртати по торби за плажу, вадећи сендвич који на силу поче јести, увјеравајући на тај начин кћерку да се баш о глади ради.

— Узми злато, и ти. Убацила сам качкаваљ који волиш — са напором је враћала добро расположење, трудећи се да Сара ништа не осјети. — Уживајмо, али чувај се морског пса да ти не отме оброк — направивши драматичан израз лица, Рада поново засмија Сару, која је тако вољела њен смисао за хумор.

Тренутак бола рескřог као оштар ваздух оста иза ње, те је обузеше мир и добро расположење, док је уживала у љупкости своје вољене кћерке. Бродић је запловио запљускујући лагано воду, која се са убрзањем све више пјенушала. Обала са купачима постепено се сужавала, нестајући пред њиховим очима. Кренули су у пловидбу и обилазак Бококоторског залива. Сари је ово било прво путовање бродом. Ради — треће, четврто. Потискујући рој слика које су израњале пред њеним очима, одлучи да сачува мир и вриједност овог тренутка, желећи га проживјети на нов начин са Саром, не поредећи га са неким далеким успоменама. „Нека их тамо гдје ваља да буду”, чврсто одлучи, сјетивши се поруке мудраца коју је скоро прочитала: „Најљепши тренуци у животу су они када изражаваш радост, не када је тражиш”.

— Осјећам да ћемо данас пронаћи змаја — изненада проговори, изазвавши у Сариним очима блиставу срећу.

— Надам се да хоћемо. Ако и не пронађемо, немој бити тужна — озбиљно проговори дјевојчица, брижно гледајући у мајчино лице.

— Ха, па што ћу ја бити тужна, змаја ћеш ти пуштати, а не ја — расположено се насмија, помишљајући о доброти коју Сарино срце има.

Обузеше је топли осјећаји и снажно привуче кћер у загрљај, спуштајући јој звонак пољубац на образ. Дјевојчица спусти главицу на мајчино раме, слушајући водича који им је описивао предјеле куда су пролазили. Прво мјесто на коме ће се кратко задржати, јесте Херцег Нови.

— Херцег Нови је град нестварне љепоте, пребогат историјом на античком тлу, окупан сунцем и окружен великим, здравим палмама — описивао је водич најпосјећенији град, о коме се, без претјеривања, може рећи да најсрдачније прима туристе. — Мјештани су махом Срби, родом из Херцеговине. Прво име Херцег Новог било је Свети Стефан.

Основан је 1382. године, за вријеме владавине краља Босне Стефана Твртка Котроманића, овјенчаног круном Немањића. Херцегновско шеталиште „Пет Даница", које води километрима поред мора, од Игала до Мељина, добило је назив по пет младих дјевојака које су у Другом свјетском рату погинуле у борби против окупатора. Презивале су се Ђуровић, Томашевић, Косић, Попивода и Бојанић. Пет Даница, дјевојке које гину, а да нису навршиле ни двадесет. Тужно и ријетко поетично име шеталишта по коме је некада водила пруга, па је воз ћиро успухивао крај мора, избацујући из дугачког димњака пару која се вијорила ваздухом. О готово бескрајном силаску низ херцегновске степенице разним сокацима, па све до Шквера, Иво Андрић је оставио шаљив запис да је једну цијелу боговетну ноћ у сну бројао степенице никако да их изброји. Но, са великим заносом говорио је да Херцег Нови, град од скалина, има посебну душу и да се у њему дослозно „магија", сваки дан изнова и изнова може доживјети. У овом граду је био неколико година најсрећнији, а потом и најнесрећнији, јер ту је умрла његова вољена Милица — водич је завршавао занимљиво излагање, напомињући путницима да ће се у Херцег Новом задржати два сата у обиласку града, без купања, јер ће освјежење у морској води оставити за плажу подно Савине, након обиласка манастира.

Брод се полако приближавао обали, праћен крицима галебова, који су се спуштали до воде и дизали у висине.

Плијенећи изгледом и невјероватном љепотом сњежнобијелих крила, испуштали су гласове који су наликовали некој елегичној мелодији. Док се брод, благо љушкајући, помало смиривао, пристањен уз обалу, Сара и Рада су скоро посљедње излазиле, држећи се за руке.

На пјесковитој обали стајали су купачи и гледали у путнике који су се искрцавали. Дан је био изузетно врео.

— Саро, намјести добро шеширић — рече Рада вадећи из торбе сламнати шешир бордо боје. Сара као да није чула мајчине ријечи, па јој га Рада стави на главу.

Погледала је у дјевојчицу којој је шешир лијепо пристајао и задовољно се насмијешила, уживајући у њеном љупком изгледу. Ужитак је могао да почне...

Застали су прво код Канли Куле, моћне и величанствене структуре из турског времена, која и данас изазива поштовање. Њена историја је прилично суморна, као и име, које преведено са турског језика значи „Крвава кула”. Иако је грађена као одбрамбени бедем, касније је постала сурови затвор из кога је било немогуће побјећи.

У њему су били политичари, борци за слободу Црне Горе и противници османлијске власти. Десетине хиљада затвореника су брутално мучили и убили овдје. Речено је да су камени зидови унутрашњости прекривени цртежима и текстовима ових несрећника, али за туристе је улаз у бивше тамнице затворен...

— Кула је током историје рушена, што у ратовима, што у земљотресима — говорио је водич — али је обновљена у другој половини прошлог вијека. Сада је музеј на отвореном, а у њој је и велики амфитеатар у ком се одржавају различите свечаности. Можда ћете неком другом приликом у њој одгледати неки филм или представу, а ми ћемо сада кренути кроз стару градску капију у обилазак овог чудесног града.

Група туриста и купача кретала се по јаком сунцу уживајући у понуђеном садржају старог дијела града. Рада погледа у Сахаткулу и тихо се обрати Сари:

— Знаш ли љубави, да је Сахат-кула „Тора” подигнута 1667. године по наредби султана Махмуда. Она је главни симбол Херцег Новог, који се налази чак и на застави града.

Сара је изненађено погледа и кратко прокоментариса о великој памети своје мајке, на шта се Рада од срца насмија и привуче пажњу окупљених туриста и групе са бродића.

— Ово би за данас било сасвим довољно — рече водич. Уколико желите више информација, наћи ћете их у каталогу који сте примили од наше љубазне домаћице. Имате два сата слободног времена да се освјежите уз кафу или сладолед, прошетате и купите неки сувенир. Наћи ћемо се овдје у 13.00 часова. Молим групу која је дошла бродом да не касни. Нека вам је пријатно разгледање.

— Одакле нас двије да кренемо, мама? — упита дјевојчица.

— Ја бих да прво нешто поједемо, знам овдје мјесто гдје се прави најбоља пица. Онда ћемо купити сладолед и успут тражити змаја. Важи?

Сарине усне се развукоше у широк осмијех и поцупкујући крете уз мајку.

— Никад бољу пицу нисам појела — задовољно бришући уста проговори Сара, разбијајући тишину у коју се Рада поново повукла.

— Хајдемо онда у потрагу за змајем. Имамо још нешто мало више од сат времена до окупљања на броду. Мислим да треба да кренемо од сувенирница, ту се увијек могу пронаћи занимљиве ствари. Хајдемо...

— Мајко, гледај у мене — весело узвикну дјевојчица и направи низ фотографија, обиљеживши овај дан уз обавезне „селфије” и фотографисање њих двије заједно. Заиста диван дан и фантастични тренуци.

— Само змаја нема! Драга моја, невјероватно да немају змајеве ни у једној од пет сувенирница! Дође ми да почнем правити змајеве — уз осмијех рече Рада, док су се журно враћале ка договореном мјесту.

Вријеме је баш пребрзо прошло...

Бродић је поново запловио њишући мирно море. Кренули су за Савину.

— „Оно чему се човјек никада не би ни надао може му се десити у животу. Неки случај га може повести путем којим би само прстом по земљописној карти повлачио. Мјеста и пределе, које би само у машти замишљао, може ненадано видјети и у њима живјети. Промисао Божја, која нас води стазом живота, недостижна је, путеви су Његови неиспитани. Сви људски планови о будућности често су ваздушасте куле, које непредвиђени случај може претворити у прах. На раскршћима живота ми се одлучујемо којим путем кренути. Не слутимо да нас нека ситуација може вратити натраг и упутити другим путем. Умјесно је речено: човјек предлаже, а Бог располаже.” Наш највећи духовник двадесетог вијека, Свети владика Николај Велимировић, писао је о овим предјелима, и оставио величанствен и емотиван запис *Моје успомене из Боке* — занесено је излагао водич, узимајући књижицу у руку, отварајући је на припремљен одломак. — Имамо још мало времена до нашег одредишта, таман довољно да вас припремим за оно што ћете видјети на овој пловидби. Ево из пера Светог владике Николаја тих лијепих ријечи:

„О дивна Боко! Стидим се о теби у прози писати, јер се бојим помрачити ону идеалну слику твоју, коју сам у души задржао. Ти убави перивоје свега Српства, само си поезије достојан! Бог је премного мудрости утрошио, док је тебе створио. Он, Творац, кад је видео земљу овако дивно саздану, мора да је спустио пољубац на њу; ја сам уверен да је он на тебе пао, јер ти си га најдостојнија. Величанствена и мила Боко! Небо је твоје увек плаво, увек јасно и чисто као душа, као карактер твојих дичних синова; ваздух је твој нежан и благ, као што је питома и блага нарав деце твоје. Јединствена земљо у свету!

„Заволео сам два пријатеља твоја: горда брда, која те закриљују од суровости времена; она се издижу ка небу, као да теже да све сунчеве зраке, сву топлоту, сву светлост, сву милост неба прикупе и на теби зауставе; она те грле и штите, да у те не продре ниједан болесни зрак труле атмосфере окружене лажном културом која мори народ српски с друге стране њих; она одвраћају, дична Боко, погледе твојих синова од развратне и жалосне позорнице коју ти горди титани посматрају свакодневно другим лицем својим, кад синови твоји у њих погледају, они као да им показују другог пријатеља твога, који се пружа у бескрај, надмећући се с небом у плаветнилу, прозрачности и некад у мирноћи, а некад у суровом гневу, показују на море, које у загрљају твојих предивних вртова и перивоја мирно почива.

„Како је красан тај пријатељ твој! Ко ти на њему да не позавиди? Он те храни и хлади, он те блажи и милује, запљускује лугове твоје и несташно се игра са гранама наранџи и лимунова. Мила, земљо, лимунова и наранџи!

„Сва је Бока лепа, сваки је кутић њен за дивљење, али једно је место најлепше, једно је уточиште најсветије, на једноме неголемом простору усредсредио је Творац Света све лепоте природне. То место, тај мали Еден — јесте манастир Савина...

„... Не зна човек на чем свој поглед да заустави и чему прво да се диви; да ли раскошној околини из сред које се високо издиже кубе манастирско, на коме се златни крст, осветљен жарким приморским сунцем, прелива у сјају и блиставости да вам очи засени, да ли уметничкој изради манастира, да ли богатству природе изокола или богатству украса и намештаја унутра; да ли оним зеленим дубравама обраслим бором и кипарисом или лепим вртовима лимунова и наранци, ограђеним зеленилом бршљана, а прошараним мирисним цвећем; не зна се одакле је лепше све ово посматрати; с мора или са лепе рудине манастирске, издалека или изблиза, дању кад сунце позлати својим зрацима цео тај мали рај земаљски или ноћу, при месечини, кад те тишина манастирска, лаки шапат шумски у околу, тајанственост природе и величанство мора утврђује у мишљењу да над овим местом лебде херувими и серафими који силазе с неба, да се у ноћној тишини, а у одсуству радозналих људи наслађују ненадмашним лепотама природним спојеним са уметношћу људском” — завршавао је читање водич, дубоко ганут описима Светог владике Николаја.

На броду је владала потресна тишина, коју потом прекину громки аплауз. Награђени су труд читања и љубав према Боки.

— Хајдемо, драги путници — рече водич видно дирнут и разгаљен.

И заиста, баш како га описа Свети владика, дочека их манастир Успења Пресвете Богородице. Сњежнобијели и чаробан, лијеп и достојанствен, времешан и озбиљан. Свјетлуца на сунцу као да је посут безбројним кристалима и нијемо свједочи своју далеку историју. Окружен стољетним крошњама и маслињацима, боровима и чемпресима, стаблима наранци и лимунова, извијао је свој дуги бијели врат попут лабуда на површини језера. Чинило се да се љепотом пропиње до неба.

У уређеном дворишту беспријекорно покошена трава као природни ћилим, па просто ти жао ногом стати. Фењери дуж стазе која води до улаза у манастир, чекали су у шпалиру своје вријеме да засијају. У ноћи, кад мјесечина проспе своју прашину, они ће надодати живота ноћи, која мирише на сладост Божје милости.

Окружен плавим пространством личи на царицу у дворској одори. Изнад потресно лијепе манастирске грађевине, плаво небо без иједног облачка.

На тренутке цијели призор буди љубав од које ти се и само срце смије, а сва чула дишу сву ту спокојну слободу и мир, потресајући сваки дамар људског бића! Ах Господе, како си се и сам скрио у овој тишини која тако рјечито говори о љепоти Твојих дјела и руку. Немушт је људски створ и не може изрећи све што око види. Једино што може учинити је да стави руку на срце и будан сања оволику љепоту којој и сам припада. А около манастира плаво морско пространство запљускује камену обалу и заводљивим шумом прича о свим путницима и морепловцима. Плава боја је засигурно боја Божанске љубави!

У сусрет групи вјерника и путника, долазио је игуман Макарије у црној одори, која се на лијеп начин уклапала у све то плаветнило и бјелину.

Рада се прекрсти и погледа у небо. На тренутак осјети потребу да сузама олакша навалу осјећаја бола, али и љепоте. Но прилика игумана, која им се приближавала, као да је однијела све те осјећаје и она се потпуно прибра.

Сусрет са старешином манастира је поред пријатног разговора и корисних савјета, донио и много душевне радости.

Унутрашњост манастира уносила је у душу дубок мир. Велики иконостас, зидови исцртани фрескама, китњасти полијелеј у барокном стилу, и сва унутрашњост манастира опија душу и смирује немирна и раздражена чула, која се у градском животу и јурњави и не осјећају. Тек на оваквим мјестима човјек спозна своју истинску природу и потребу за тишином.

Сви су упалили свијеће за своје најдраже, било живима за здравље, било упокојенима да добију опрост и мир од Господа. Заиста се са оваквог мјеста душа тешко одваја, и свако зажали што га мора оставити.

Дуго су се опраштали са настојатељем светог храма, носећи са собом поред иконица дјелић радости и вјере, која се на чудесан начин обновила својом суштином, често замагљеном нашим свакодневним обавезама, животним невољама, напорима и пословима. Чини се да могу, посјетиоци би успорили ход да се што дуже наслађују невидљивим благословом, који је пребивао у сваком кутку манастира.

Рада се, очију пуних суза, окрену лицем према манастирским вратима и дубоко поклони. Никада као тог дана није осјећала живо присуство Божје милости, и била сигурна да су њене дјевојчице на мјесту које је још љепше од овога.

Како Свети оци рекоше: „Све што је лијепо на земљи, само је предукус Раја на небу”.

Данас је то јасно осјетила.

Срцем пуним спокоја погледа Сару и загрли је.

— Идемо, душо! Данас је вриједило овдје бити скупа са тобом. Хвала Богу што ми те дао!

— Пошто смо се неочекивано дуго задржали у манастиру Савина и обиласку старе црквице у дворишту, предлажем да кренемо до Плаве шпиље. Остала нам је још она на овом излету, и тамо се можете окупати. Да ли се слажете? — упитао је водич.

Сви су се једногласно сложили и бродић опет заплови лагано пјенушајући морску површину.

За Сару је Плава шпиља била нешто најљепше што је видјела до тада. Невјероватно модра боја воде, готово индигоплава, очарала ју је на први поглед. Искрено изненађење била је температура воде која је била заиста топла.

Објашњење за то понудио им је водич који је изнио једноставно и логично тумачење.

— Ваздух у пећини је много хладнији, и самим тим, вода се чини доста топлијом. Мјештани препоручују купање у јутарњим сатима, поготово у ведром, сунчаном дану, када се зраци сунца преплићу и освјетљавају воду споља, чинећи је изразито плавом. На тренутке добија се утисак као да свијетли из дубине и да одатле долази та индигоплава нијанса воде. На неким мјестима вода је дубине и до 45 метара, па људи чак и роне. Необичност воде у унутрашњости шпиље је то што је она изразито густа због велике количине соли, па и неискусни пливачи могу да се опусте и пливају, не плашећи се због слабе пливачке вјештине.

„Ово је један од оних дана, за који пожелим да се никада не заврши”, раздрагано помисли Сара, допливавши до Раде, која није била расположена за купање. Сједјела је на прамцу брода и дубоко осјећала Сарину срећу.

V

— Какав је ово био дан, мајко — пуна усхићења Сара погледа мајку у очи, па настави. — Никада га нећу заборавити. Хвала ти мама, што ме толико волиш...

Посљедње ријечи готово прошапта и пољуби мајку у оба ока.

Ради се груди испунише љубављу и заносом, у коме се мијешао смијех са сузама, па тихо проговори:

— Хвала теби, дјевојчице моја. Хвала Богу, хвала Мајци Божјој, хвала анђелима и сестрицама твојим. Да могу да нам се придруже сада... — оте јој се уздах и сузе је преплавише.

— Немој, мама, сада да плачеш. Виде нас и диве се твојој снази и љубави. Сада још више него раније, осјећају твоју љубав. Сама си ми често помињала ријечи старца Михаила Валаамског: „Бог је безгранична Љубав. Он неће раздвојити оне који су били сједињени везама љубави. Ми ћемо се радовати са онима које смо вољели, и са којима смо дијелили своје радости. Они који су нам блиски и драги, биће нам још ближи и дражи. Наша узајамна љубав биће још већа.”

Рада по ко зна који пут осјети захвалност на овом дјетету, пољуби је у чело и благо рече:

— Хајдемо, малена, на туширање и спавање. Сутра нас опет чекају морске авантуре.

У Мељинама се рађао још један дан.

Као да се ужарена лава просула по плавичастој површини воде. Дремљив морски свијет напето ишчекује буђење новог дана коме сједочи.

Сваки нови дан наликује један другом. Само наликује... Невиђена љепота, скривена од погледа спавача, игра свој јутарњи плес у ватреном немиру водене површине. Притајена тишина узмиче пред бојама јутра. Модро-црвена кугла свечано израња и на трен се чини да је крв сјурила у главу сунца. Изронивши из дубине, постаје све бљеђа и бљеђа, остављајући још тек којекуд прамење руменила, које пробуђено море развијава попут лаганог дашка вјетра. Гола љепота Тајнотворца се изнова и изнова догађа свако јутро, вијековима и вијековима... Започиње топло и мирно мељинско јутро.

— Крећемо ли, Саро? Шта се толико огледаш? Пожури да ухватимо мјесто на плажи, већ је увелико јутро — Рада је пожуривала кћерку која је шналом покушавала обуздати густе увојке смеђе косе.

— Крећем — ужурбано је одговорила, успут гладећи дугу косу.

„Колико је лијепа”, помисли на моменат, подсјетивши себе како брзо расте. То сазнање је помало онеспокоји. Као да је жељела руком зауставити вријеме у невином Сарином дјетињству, исплази се чикајући је да стигне у трку до плаже. Наста весела цика и Сарин смијех се расу као капљице бистре воде која удара о стијене.

— Опет сам те побиједила — задихано рече дјевојчица истовремено свлачећи широку тунику и сједе на пијесак.

Плажа је већ била пуна купача. Рада извади два велика пешкира и пребаци преко лежаљки.

— Биће ово заиста врео дан. Немој, душо, много журити у воду, охлади се мало, па се онда купај. До тада поједи свој омиљени сендвич — брижно изговори, додавши јој доручак умотан у алуминијску фолију. Сара се брзим залогајима опрости са оброком и трчећим кораком упути према води.

— Шарени змајеви, купите шарене змајеве — као јутарњи аларм Раду тргну повик из дремљивог стања, док је руком покривала очи покушавајући да угледа онога чији се глас орио плажом. Слатка радост се разли њеним лицем, те помисли како баш све стигне у право вријеме, и онда када ти је најпотребније. Хитро позва руком човјека да јој приђе, како би погледала избор који је нудио. Шаролики змајеви разних облика на тренутак поколебаше Раду. Уз кратко премишљање одабра змаја у облику троугла, дугачког репа и шарених флуоресцентних боја.

Сара је још била у води и тајанствен осмијех пређе преко Радиног лица. Пажљиво сави змаја и гурну га под лежаљку. Те ситне пажње и радости, сваки пут су јој нанаво и наново подмлађивале срце и лијечиле дубоке бразде на њему.

Хладна вода којом ју је Сара полила гласно се смијући, натјера је да поскочи у мјесту што код дјевојчице изазва још већи смијех.

— Да ли си паметна, Саро?! Колико си ме уплашила, умало ми срце стаде — благом љутњом је укори мајка и дурећи се попут дјетета рече:

— Е, сад ти баш у инат нећу нешто показати.

— Шта то?! — знатижељно ускликну дјевојчица.

— Аха, баш ћу ти рећи! — зачикавала ју је мајка изазивајући у дјевојчици још већу радозналост.

— Мамааа, шта ћеш ми показати? — Сара склопи руке у молбу, па је поче обасипати пољупцима. — Покажи, покажи, покажи.

Рада се засмија због њених пољубаца и тајанствено показа прстом испод лежаљке.

— Потражи сама — усхићено јој рече.

Дјевојчица се сагну и спусти главицу до пијеска, напипавајући руком мјесто под лежаљком. Шушкава кеса нађе се у њеним рукама, те пажљиво одмота свитак. Пред њеним очима указаше се јарке флуоресцентне боје папирног змаја, дугачког, шареног репа.

Весео талас преплави Сарино лице и снажно се окачи мајци о врат.

— Ти си дефинитивно, најбоља мајка на свијету!

Видно разњежена Рада се осмјехну и рече:

— Још само да сачекамо вјетар, и змај може да се вине у неслућене висине.

VI

— Мамаа, јутрос је облачно и има вјетра — жарким погледом Сара обухвати мајчино лице, тражећи одобрење да данас пушта змаја и одустане од купања.

— Чини се и мени да ће данас бити један од оних дана када је пријатније лежати на пијеску, него бити у води. Идемо на плажу, па ћемо видјети да ли је вјетар прејак. Није добар ни јак вјетар. Било би добро да је вјетрић, као кад лишће њише, поготово за тебе почетника — насмјеши се Рада, уживајући у призору пред собом.

Малена је неколико пута безуспјешно покушавала пустити змаја, држећи дугачку узицу у руци, али сваки покушај да овај полети, завршавао би се стрмоглавим убадањем врха троугла у пијесак.

— Никада га нећу покренути — растужено сједе на ситан пијесак, замишљено окрећући змаја у руци.

— Могу ли да ти помогнем, млада дамо? — упита човјек снажних руку и погледа у Раду, чекајући одобрење да покаже дјевојчици како да пусти змаја. — Гледам, госпођо, већ пола сата вашу кћерку како се мучи, а заправо је врло једноставан принцип. Само је потребно познавати технику, и мало физику — лагано се насмијеши, чекајући дозволу да узме змаја у руке.

Рада се осмјехну и потврдно климну главом одахнувши што се нашао неко да им покаже начин на који се змај подиже са земље.

Поново захвално помисли, да све долази баш онда када је најпотребније да дође.

— Па, девојчице, види овако. За почетак су ти потребне три ствари: змај, простор и ветар, а имаш све троје — симпатичан осмијех пређе преко лица млађег мушкарца. — Сада је једино потребно да научиш управљати змајем. Пре свега, потпуно погрешно држиш канап, а ни став тела ти није добар. Мораш окренути леђа ветру, подигнути змаја једном руком, а намотан крај конопца држати у другој, спуштеној. Кад осетиш да „хвата ветар”, лагано гурни змаја увис или га само пусти. Данас је ветар слабији, па је потребно мало трчати. Ево овако — човјек спретно обмота канап око руке и другом руком одиже змаја од земље. Потрча, и шарена врпца залепрша ваздухом, узносећи га све више и више. Након десетак минута се врати, док су се шарене боје вијориле у ваздуху.

Сара је зајапурених образа жељно ишчекивала свој први практичан и потпуно неочекиван час. Након неколико неуспјелих покушаја, уз надзор „учитеља”, змај полети из њених руку и радостан поклик насмија све присутне који су је посматрали. Успјела је веома брзо схватити којом лакоћом треба држати врпцу, када је затегнути, а када отпустити. Након сат времена била је потпуно вјешта у маневрисању.

— Хвала Вам од срца — расположено рече Рада пружајући руку странцу који је са задовољаством посматрао Сарино усхићење и труд.

— Нема на чему, госпођо. Случајно сам учитељ. Имамо фестивал змајева, у Шумицама у Београду, сваке године. Чини ми се да би Ваша ћерка била изванредан ученик. Овај змај, који она има, најједноставнијег је облика и лако се управља њиме. Али, они за такмичарски део нису нимало наивни. У Кини, Италији, Ирској, Француској постоје шампионати у пуштању змајева. Такмичење се одржава појединачно и екипно. Код нас је то, нажалост, неправедно запостављен спорт. Изузетно добар спорт! Учи нас правилном и одмереном осећају за фине покрете, равнотежи, пажњи и контакту са природом. Знате, нема ништа толико дивно као тај осећај слободе док трчите и држите змаја, пазећи да га јато птица не шчепа. Лагани или нагли покрети га усмеравају да лети куда Ви желите. Шетња, трчање и вежбање на отвореном, добри су за цео организам. Посматрање плавог неба и шароликости змајева доприноси добром расположењу и подизању адреналина, који разбуђује и ослобађа од стреса, умора и напетости. Подизање главе добро је за врат и кичму за оне који дуго седе, а ето прилике и за породичну забаву, и да се људи у овом времену ослободе држања телефона у рукама и осете међусобну блискост. Ах, баш сам се распричао — одједном се присјети и широк осмијех озари му лице.

— Таман посла — Рада захвално пружи руку и представи се — ја сам Рада.

— Опростите, нисам се ни представио. Душан, Душан Манојловић. Ако Сара буде желела можемо да је примимо у клуб. Одлична је и врло гипка.

— Хвала Вам од срца, али ми смо, нажалост далеко. Из Источног Сарајева смо, па је баш неизводљиво. У супротном, заиста бих је радо уписала код Вас.

— Ах, баш штета. Верујем да бих имао сјајног такмичара.

— Дакле, ако отворите клуб код нас, рачунајте на њу — заинтересовано рече док су обоје посматрали Сарину силуету која се приближавала, а изнад ње се небом вијорио змај.

— Е па, Саро — рече Душан када је пришла и спустила змаја — имаш од мене чисту десетку. Основне кораке си савладала, а ако будеш желела неки следећи ниво, када будеш долазила у Београд, јави се. Оставио сам твојој мајци адресу клуба и број телефона. Сутра се враћам за Београд, иначе сам учитељ пуштања змајева.

Дјевојчици се оте уздах дивљења и Душан се опуштено насмија.

— Идем ја сада, ено моји дечаци чекају на нашу туру. По облацима се наслућује промена времена, па макар један лет да направимо. До виђења!

— До виђења — углас одговорише обје, и Сара задихана сједе на пијесак.

— Вау, мама! Како ли је бити учитељ пуштања змајева? Ја ћу то бити када порастем — одлучно рече погледавши у мајку која се засмија на ту њену наивну изјаву. Толико је била срећна када је Сара задовољна.

— Хајде, сада узми да једеш и одмори се мало. Лези поред мене, данас је баш диван дан за лешкарење, нема врућине.

Дјевојчица се опружи поред мајке гледајући у пространо небо. Пуштање змаја ју је толико освојило да није могла дочекати поновно трчање, чим се мало одмори.

— Мама, опет бих трчала за змајем — проговори окренувши главу ка Радиној лежаљци. Равномјерно је дисала, опуштеног израза лица какво Сара дуго није видјела, и би јој жао да је пробуди. Одлучи да се забави још неких петнаестак минута док се вријеме не промјени. Сиви облаци наговјештавали су кишу и могућу буру. Спретно узе картонског љубимца и пусти га у висине. Змај се диже и убрзано заплови ваздушним пространством. Плажом су се чули гласови и довикивање купача који су остајали за њом, док је убрзавала кораке и напослијетку крену лагано да трчи. Вјетар је изненада постајао све јачи и њени покушаји да шарену летјелицу спусти на земљу нису успијевали. Као да се успињала до самих облака, а темпо којим је јурила бивао је све снажнији и бржи.

У једном тренутку дјевојчица се задихано окрену и схвати да је отишла далеко, једва разабирајући силуете. Облаци су се све више навлачили и вјетар започе свој дивљи плес.

Змај веселих боја пропињао се све више и више уз налете вјетра, наликујући веселој Циганки дугачке, шарене сукње која плеше свој први свадбени плес, истежући се вјешто на прстима и страсно омамљујући госте. Отимао јој се из руке док је готово без снаге трчала, осјећајући да посустаје.

Ноге су је бољеле док се готово саплитала, не испуштајући узицу из руке. Освртала се око себе не познавајући крај. Нагло је цимнула канап уморно падајући на земљу и папирната летјелица се забоде у пијесак. Очито је да се изгубила залутавши у дио у коме није запазила никога. Небо се црнило, а вјетар све јаче ударао о таласе. Њени позиви у помоћ су се губили у снази вјетра док јој се глас сасијецао у испрекидане ријечи. На усамљеној обали под олујним облацима који су сваки час обећавали снажан пљусак, лежао је стари, огуљени чамац. Зуб времена и ћуди воде, очито су оставили дубок траг на некада снажном и лијепом примјерку. Попут времешног свједока који је и пошљедњу битку изгубио, покорно је лежао на пијеску, немушто свједочећи о далеким и давним пловидбама. Преко његових широких бокова, крупна, изблиједјела слова привукоше Сарину пажњу. Мишићи су је силно бољели од трчања и несигурно приђе. На оштећеним даскама једва се назирао натпис: *Сантјаго*.

Несигурно сједе на кљун чамца, и у том тренутку поче снажан пљусак уз слабије, а потом, све јаче ударе вјетра. Температура као да се изненада спустила за неколико степени, а црни вео облака потпуно прекри небо. Почињала је бура. Вјетар је сјекао површину воде која се срдито одупирала бацајући морску пјену и слане капи по обали и даље од ње. Испарење се подигло, те је на час изгледало као да неки шаљивција истреса читав џак шећера у праху и нехајно баца хиљаде стаклића, док су их налети вјетра разносили.

Разјарени таласи пропињали су се и усправљали, гњурајући једни друге, па се опет дизали и наново урањали у бескрајну дубину, док је све наликовало побјеснелим бијелим коњима, који уз тутањ замичу планинама, падајући и дижући се у помамној трци. Дрвена старина се поче љуљати и шкрипати, личећи на пијаног изубијаног морнара. Сара је престрављено дозивала у помоћ, но сваки напор да надјача урлик вјетра био је јалов. Њен глас се гушио и разносио до разгоропађених таласа, распршујући се у ситном праху соли у влажном ваздуху. Киша и слане капи лијепиле су се за њено лице, косу и плаву кошуљицу док је покушавала да устане са чамца. Снага вјетра ју је гурала и ударала у леђа, чинећи њене кораке несигурним и нестабилним.

— У помооооћ, има ли кога!? — њено дозивање су дочекивале оштрице вјетра саплићући јој ноге једну о другу. Изморено паде на земљу, покушавајући поново да се придигне.

Пред собом угледа костур од некада шареног папирног змаја. Са троугластог тијела коме је недостајао дугачки флуоресцентни реп, висили су дроњци папира.

Наликовао је излупаној и насуканој једрилици поцијепаних једара. Од страха и немоћи гласно заплака и неколико пута слабашно позва помоћ. Нико је није чуо. Помисли на своју мајку и јецаји обузеше њену ситну прилику.

Ћудљива природа ускоро стиша своју нарав и лаганији вјетар поче да кроти водено плаветнило.

Као након свађе двоје љубавника, море се помирљиво препуштало миловању дугих прстију лаганог вјетра, зауздавајући малопређашњу љутњу. Све се враћало у хармоничну тишину. Насупрот томе, на ситном пијеску, онесвјешћена од умора, лежала је мајушна женска прилика.

Изнад гомиле облака који су располућени након олује пловили у нереду, сунце се лагано пробијало. Мушкарац дуже сиједе косе, свезане у реп, и уредно подшишане браде, полусавијеног положаја тијела изађе из невелике, импровизоване колибице. Пажљиво је осмотрио тршчани кров, покривен сувом морском травом, коју је након олујног невремена требало исправити и руком рашчешљати. Одбацивши покидане влати, прстима је пажљиво пролазио кроз дуге, суве листове који су, као простирка, лежали на ниском крову и задовољно се насмијеши. Дубоко удахнувши опојни мирис јода, угледа приличан крш око свог малог замка, скривеног од очију купача.

Сагнуо се да покупи покидане гранчице околних борова, смеће нанесено вјетром, неколико пластичних чаша, папире и неки очуван најлон који захвално узе, помисливши како ће му добро доћи за његов штафелај. „Срећом да је кратко трајала олуја, необично снажна за ово доба године”, помисли успут, доводећи у ред прилаз и мали простор у ували, добро заклоњен од радозналаца и купача. Још одавно, прије двадесетак година, пронашао је овај мали рај који је потпуно прекројио за себе и своје тренутке одмора и предаха од града, буке, издувних гасова и свега што цивилизација носи са собом.

Због овог скривеног парчета раја, остао је вјеран Мељинама већ толико година. Каквих се лијепих сјећања прикупило у овој колибици, израђених слика, ријетких али тако драгоцјених гостију који су долазили у овај мали „дом”, остављајући прелијепе тренутке вриједне сјећања. Са дирнутом сјетом присјетио се разговора, мини-представа, смијеха и чисте Божанске љубави након сусрета који је обиљежио његов животни пут као тиху и нечујну мисију коју тек треба да испуни. Да ли ће успомене бити смрвљене с временом или вјечито живе зависи од нас. Знао је већ одавно да кроз једну универзалну интелигенцију и крвоток струјимо сви, уносећи живот и надодајући љубав, сваки пут када одлучимо да свијету дамо онај бољи дио себе.

„Ми смо сви баш као и мрави”, помало растужен сјећањима помисли, „а овај свијет је попут мравињака. Сви јуримо око њега, наносимо, уносимо, доносимо и односимо којешта у журби и незнању да ли имамо још неки дан на располагању или ће се све изненада прекинути, онако како смо изненада и дошли у овај свијет.”

Подиже руке лагано истежући тијело и упути се у хотел у коме је једнако одсједао свих ових дугих година. Присјетивши се изненада да је толико времена вјеран једном мјесту, једном кутку и једном хотелском смјештају, изненађено подиже густе црне обрве с покојом сиједом длаком и насмјеши се.

„Мора се признати да ми је вјерност једна од најбољих особина које имам.”

Сунце је већ јасно сијало, и ако би неко тек овог тренутка ушао у Мељине, не би ни знао да је прије мање од сат времена била краткотрајна, али снажна олуја.

Небо јасноплаво са покојим облачићем као везеним бијелим јастучетом и бројним раштрканим галебовима, који се спуштају и узлећу, носећи у кљуну дневни оброк извучен из мора. Волио је овај крај и одмор у коме је шездесет дана одвајао само за себе, након чега се обновљен и освјежен враћао свакодневним обавезама и повременом сликању у свом дому. Задовољан осмијех пређе преко његовог лица и усправним чврстим ходом упути се ка хотелу, свега петнаестак минута удаљеном од његовог скровишта. Снажне и гипке грађе, модрих плавих очију, препланулог тена и дуге сиједе косе, више је наликовао бокељским морнарима, него човјеку који је живио по разним градовима, мимо Медитерана.

Носио је у себи искру живота који се свакодневно одвија у Боки. Свака црта његовог лица одавала је дубоко расположење и радост што је ту. Кретао се лаганим ходом не журећи на ручак. Недалеко од колибице, пажњу му привуче нека прилика која је по свему судећи лежала на пијеску поред старог чамца, на коме је он знао обитавати када пожели одмор и инспирацију за нова сликарска остварења. Пожури крупнијим корацима и угледа тијело дјевојчице коју је препознао. Стајала је прије неколико дана испред путне агенције са црнокосом, лијепом женом и слушала излагање туристичког водича у врхунцу заноса и љубави према бококоторском заливу и свим љепотама тог црногорског бисера.

Око ње је скакутао његов пас Барон, који је дјевојчицу њушкао и узнемирено цвилио угледавши газду како им се приближава. Пронашао га је прије четири године гладног и исцрпљеног на улици, и повео са собом да га нахрани. Тада се љубав између њих двојице напросто десила. Дао му је име Барон, јер му се чинило да је то логичан назив. Живот какав му је понудио у односу на улични заиста је наликовао баронском. Од тог, за пса судбинског сусрета, није био срећан само Барон, већ и он који је кроз захвално и одано створење примио бескрајно уважавање. Барон га је толико тога научио, и пружио му много предане љубави. Један без другог нису више били ни дана.

VIII

Хитро се спусти на кољена и угледа блиједо лице ишарано бијелим траговима соли, док су усне у неком бунцању подрхтавале, те се чинило да ће дјевојчица сваки час бризнути у плач. Била је видно узрујана и уплашена. Цијело тијело јој је треперило. Мушкарац чије је лице до малочас изгледало врло расположено, поприми израз бриге и неке благе племенитости. Врло пажљиво је ухвати испод оба пазуха и лагано усправи на ноге.

— Можеш ли да стојиш сама, или ћеш да се ослониш на мене? Помоћи ћу ти, немој да се плашиш.

Сара је неодлучно посматрала мушкарца дуге косе, али за чудо није осјетила страх због чињенице да је сама са непознатим човјеком. Било је у његовом погледу неке очинске бриге и пажње. Присјетивши се да је залутала трчећи за змајем, помисли на мајку и лице јој поприми паничан израз.

— Моја мама, моја мама се сигурно много уплашила — понављала је неколико пута у снажном болу који се осликавао на њеном лијепом, дјечјем лицу и бризну у гласан плач. — Морам да идем, морам да идем код моје маме — узнемирено је понављала ту реченицу неколико пута заредом.

— Слушај ме, девојчице, прво мораш да се смириш и објасниш како си дошла до ове увале. Где си смештена са мамом и како се зове хотел у коме боравите? Све ће бити у реду, немој да бринеш — обраћајући јој се заштитничким тоном додаде — наћи ћемо маму и неће се више бринути. Хајде, реци ми како си дошла овде?

Сара је потресена, мислила на страх који њена мајка проживљава у незнању шта је са њом.

— Не знам колико сам дуго овдје, али моја мама, моја мама ће умријети од страха — понављала је кроз сузе испрекидано дишући. Чинило се да ће запасти у хистерију.

— Овако ништа не можемо да урадимо — одлучним, али благим тоном је пресијече, посматрајући је мирољубиво. — Хајде најпре да кренемо од основних ствари. Како си стигла до ове скривене увале?

— Како се Ви, господине, зовете? — упита Сара видно смиренија, управивши паметан и проницљив поглед ка мушкарцу у кога је на неки начин задобила повјерење.

— Баш сам испао неваспитан — топло је погледа, и радостан што се дјевојчица почела смиравати, рече: — Воја, ја сам Воја.

— Имате име са четири слова као и ја — закључи дјечјом наивношћу, и лагано се осмијехну.

Воја је био врло задовољан што је дјевојчици успио отклонити пометњу. Погледа је благо и очински.

— Моје име је обично, премда има четири слова. Али, са твојим именом ствари стоје другачије.

— Како то мислите? — упита знатижељно Сара.

— Лепо. Твоје име је посебно.

— Откуд Ви, заправо, знате како се зовем? — озбиљном заинтересованошћу га прекиде дјевојчица. — Како се ја то зовем?

— Зовеш се Сара. Сара... — загледан у морску даљину, меким тоном понови Воја и заћута.

Напола сумњичаво, а напола радознало девојчурак несигурно изусти:

— Откуда Ви знате моје име?

Воја је пажљиво погледа, као да посебно анализира сваку црту њеног профила. Учинио је то неупадљиво, али рендгенски тачно и брзо, те нека сјенка пређе преко његовог лица. Као да се након тога посебно уозбиљио, и попримио још јачи, веома лијеп умјетнички израз.

— Чуо сам кад те зову — брзо проговори и поново заћута.

— Ко ме је звао? Ја сам овдје само са мамом.

— Па, да. Чуо сам када те је мама позвала.

— Како сте то могли чути? Моја мама никада није ишла овуда нити Вас је упознала? — дјетиње намћорасто и са чуђењем одговори Сара. — Заправо, када боље размислим, не би ни требало да овдје стојим и разговарам са Вама. Ви сте непознати и може свашта да ми се догоди. Мама би се јако љутила, да зна да сада причам са неким странцем.

Воја је изненада погледа и расположеним гласом рече:

— Потпуно сам сагласан са твојим размишљањем. Исправно разлучујеш ситуацију. Деца никако не би смела стајати са непознатим и безбрижно разговарати без знања родитеља, али ипак заборављаш једну важну чињеницу — пријатељски је погледа у очи. — Пре пола сата сам те саму пронашао овде, а пре тога си, рекао бих, била у некој краткој несвести. Олуја је протутњала кроз Мељине и очигледно си се изгубила и пала. Само никако ми није јасно како си овдје завршила, осим ако те ветар није нанео — шаљиво проговори и обоје се насмијаше.

Њихов кратак смијех прекиде глас неколико ужурбаних мушкараца, на којима су упадљиво наранџасти прслуци привлачили пажњу.

— Не мрдајте никуд — повика оштрим гласом један од њих тројице приближавајући им се. — Дјевојчице, како се зовеш? — упита Сару, упадљиво гледајући Воју.

— Зовем се Сара — уплашено и несигурно проговори. — Ко сте ви?

— Ми смо дијете, обалска стража — оштро одговори униформисани човјек — а твоја мама је већ два сата луда од бриге за тобом — пријекорно је погледа, што је навело Сару да се поново присјети мајке и заплака узнемирено, пуна страха због читаве ситуације. — Не плачи сада — настави оштрим тоном — требало је мислити прије него си овако нешто непромишљено урадила. Потрага за тобом је већ више од сат времена. Откуд ти овдје и ко је овај човјек? — упита брижно службеник обезбјеђења, с истовремено строгим изразом лица, проматрајући Boју.

— Ја сам Војислав, Boја — предухитри Сарин одговор, па настави: — Девојчицу сам пре пола сата затекао како лежи на песку, док сам ишао у хотел на ручак. Била је снажна олуја и овдје сам се склонио док прође — показавши руком на малу колибицу, искрено се надајући да га неће запиткивати о овом његовом простору. — Девојчица је била полуонесвешћена, и веома уплашена. Већ скоро пола сата нисам успео од ње добити информацију у ком хотелу су смештени. Управо сам разговарао са њом, имајући намеру да је одведем мајци. И мени је жао што се жена толико узнемирила — рече на крају, погледавши стражара право у очи.

— Важно је да сте наишли и Ви и ми, те је несрећа избјегнута, и није се десило најгоре. Хвала Вам, господине Boјo. Ми ћемо дјевојчицу вратити мајци. Жао нам је што сте закаснили на ручак.

Boја помирљиво климну главом и пружи руку човјеку наспрам себе полако говорећи:

— Све је у реду, ручак је најмањи проблем. Само нека се све овако срећно завршило. Пре него кренете, имам жељу да се поздравим са овом младом дамом — рече Boја пружајући руку према Сари, осмјехујући се топло. — Ето, упознали смо се и причали, драга Саро, али ми ниси рекла откуд ти овдје и како си дошла?

Она уз стидљив осмијех рече:

— Ходала сам лагано за својим змајем, а онда је кренуо јачи вјетар који ме је гурао и гурао, док нисам стигла овдје. Облаци су били страшни и почела је киша, повукла сам узицу свог змаја и успјела да га оборим на земљу. Звала сам у помоћ док сам сједила на оном чамцу — показавши прстом на „Сантјага" — када су почели снажни таласи, и плашљиво сам кренула да се негдје сакријем. Када ме је вјетар оборио, видјела сам свог змаја потпуно оштећеног и без репа. Тада сам се јако уплашила, помисливши на моју маму, Милицу, Драгану и на све моје другаре. Мислила сам да ће ми се нешто страшно десити и да нико неће моћи да ме пронађе. Видите, јако сам забринула маму и направила проблем, а немам више ни змаја — тужно додаде, наново узнемирена читавом ситуацијом и заплака.

Воја се сагну до њеног лица и пажљиво је погледа у очи.

— Ево, малецка, обећавам да ћемо скупа направити најлепшег и најјачег змаја на плажи. Обојићемо га тако да буде украс целих Мељина. Ма, шта Мељина!? Читаве Боке Которске! А сад, немој више бити тужна. Пожури код мајке, јер је за њу један минут неизвесности као вечност. Срећно!

Сара се нагло прену и широко се осмјехну дјетињом простодушношћу, унапријед се радујући новом змају и сликању.

Сагну се до пса, који јој се умиљавао око ногу и помилова његову топлу њушкицу. Округле псеће очи су је разгаљено гледале. Споро, готово лијено, мрдао је репом, додирнувши јој длан влажним језиком. Повјерење и љубав између ње и пса се истог часа родило. Осмјехнувши се широко, крену за чуварима обале, окренувши се неколико пута.

Махала је човјеку, који је на неки њежан начин придобио дјечје срце. Пас је неуморно лајао не престајући да маше репом.

Воја је дубоко сјетан одвратио одмахујући руком, и чиста суза скривена као стара патња изађе на свјетло дана. Уздахну дубоко и лагано се упути ка колиби.

— Идемо, Бароне. Не слутиш колико је ово значајан дан, друже мој.

Сједе видно потресен и дохвати мобилни телефон. Пронађе видео и по ко зна који пут крену да гледа и слуша жену коју је тако добро осјећао... Барон се спусти поред њега, лизну га неколико пута, и завуче главу међу његова стопала.

IX

Аутомобил у коме је сједела Сара у пратњи обалских стражара зауставио се на неколико корака од плаже. Кроз прозор је угледала лице своје мајке. Учинила јој се тако несрећна и другачија, као да је за неколико сати остарила. Кршила је прсте, убрзано ходајући од лежаљке до воде, па све тако укруг. Нестрпљиво отвори врата теренског џипа и несигурно потрча према мајци, свјесна колику је забуну направила.

— Мамаа! — гласно викну и тамнопута жена се окрену у правцу гласа. Када је угледала Сару, сломљена изговори њено име, коракну према њој и гласно заплака. Након суза олакшања на лицу јој се појави љутња која је обећавала невољу.

— Да ли си паметна? — оштрим и гласним тоном је упита. — Гдје си била?— ухвати је нагло за рамена дрмусајући је. — Је ли!? Гдје си била до сада?— узнемирено и љутито је понављала не пуштајући њежна рамена дјевојчице.

— Пусти ме, боли — слабашно проговори Сара, истовремено примјећујући да се неколико људи окупило око њих, очито добро упознатих са нестанком. Замуцкивала је видно постиђена, јер се изненада нашла у центру пажње. Плачним тоном је проговорила: — Опрости, мамице, хтјела сам да ти се јавим, али си заспала и било ми је жао да те будим. Само сам још једном жељела да накратко пустим змаја, али је кренуо јак вјетар и трчала сам и трчала да га не изгубим. Затим је кренула олуја, и ја сам се нашла у непознатом дијелу плаже. Након олује ме је нашао чика Воја и ови људи који су ме тражили — глас јој се сломи и уплашена и потиштена заплака.

Пружила је руке према Ради, али се она нагло удаљи од ње, дајући јој на знање да не жели загрљај. Од свега је имала жељу да је добро истуче, а након тога изљуби и да се снажно исплаче.

Разочарана и утучена мајчиним јасним гестом поче плакати.

— Опрости ми, мама.

— Зашто малтретирате то несрећно дијете? — проговори жена под сунцобраном гледајући у Раду испод великих, сунчаних наочара.

— Гледајте Ви своја посла, госпођо — одбруси Рада и додаде — ово се Вас уопште не тиче.

— Не тиче ме се, али ме се видите, ипак некако и тиче. Напали сте на јадно дијете, па вичете на њу, дрмусате је за рамена као да нисте нормални. При том се то све одвија испред мог сунцобрана, и не могу да не реагујем. Реметите мој мир.

— Плажа, госпођо, није приватна, и мјеста нису резервисана, па да Вам реметим мир. Ако желите мир, идите у собу — одбруси Рада и даде знак главом Сари да крену у хотел.

Жена се помјерила са мјеста, незадовољно гунђајући о култури људи и непоштовању приватности.

— Видиш ли какву си пометњу изазвала твојим неразумним понашањем!? Испадам овдје бабарога која те мучи.

— Опрости мама, опрости — молила је Сара непрестано плачући. — Нисам жељела да те уплашим. Нисам... — јецала је кроз искидане ријечи.

Рада је заћутала и помислила да је ипак престрого поступила, но присјетивши се кроз какав је пакао прошла у посљедњих неколико сати, наново је обузе срџба праћена немоћу.

— Знаш ли колико дјечака и дјевојчица годишње нестане, баш на плажама? — узрујано упита посматрајући је оштро. — Размисли добро шта си ми данас приредила — наметну јој неки осјећај гриже савјести, и Сара још снажније заплака. — Хајде, де! Не плачи — након кратког времена, смиреније проговори милујући је по коси. — Све се добро завршило. Запамти да ми се увијек, увијек, увијек јавиш гдје идеш! Ма, без обзира на то да ли спавам, плачем, смијем се, возим бицикл! Јеси ли разумјела?! — па поново у некој узрујаности грубо окрену Сару према себи дубоко посматрајући њено уплашено лице. — Јеси ли запамтила!?

Сара климну главом неутјешно плачући, и Рада је нагло привуче у загрљај и снажно стегну.

— Смири се, смири се — шапутала је, истовремено, не знајући да ли више тјеши њу или саму себе.

Дјевојчица умирена због мајчиног загрљаја, захвално пољуби Раду и тихо прошапута:

— Волим те, мама.

Дирнута кћеркином изјавом потресено је упита, јасно очекујући одговор:

— Знаш ли гдје завршавају нестала и отета дјеца?

Сара одрично одмахну главом бришући сузе.

— У бијелом робљу, Саро. На силу их тјерају да просе, или их гурају у наручје старцима који ће се иживљавати над дјечјим тијелом. Шта да те је отео неко? Могла бих само да молим Бога да ме одмах узме себи. Знаш све, знаш наш живот — прошапта, и у добоком болу заплака.

Витким дјечјим рукама Сара јој обриса сузе и дубоко уздахнувши прозбори:

— Опрости мама, никада те више нећу овако растужити.

Рада подиже поглед у коме се простирао бол превучен неком далеком празнином. Снажно грлећи кћерку рече:

— Идемо у хотел. Превише је немира иза нас. Тако су ми потребни кафа и одмор.

X

— Истуширај се, душо. Објема нам је потребан мир и добар одмор. Ја ћу себи приставити кафу, а теби направити калоричан сендвич. Сутра ћеш ми све испричати, нисам у стању данас ништа више да слушам. Колико сам се уплашила ни захвалила се нисам људима који су те пронашли — замишљено рече, посматрајући Сару док се кретала према купатилу.

Освјежена након туширања, разбарушене мокре косе, Сара се са олакшањем насмијеши мајци гладно гутајући залогаје великог сендвича.

Као да се из њеног лица сунце промаљало. Посматрајући је крајичком ока, Рада помисли како је за нешто мање од педесет година свог живота прошла толико тога, да је сада у том релативно млађем добу живота толико уморна, а мора напријед. Толико је тога пројездило кроз њено ојађено срце, да би се најрадије скупила и шћућурила у неком кутку и пропустила сва та искуства кроз себе да их однесе нека дубока вода. Колико их је вољела као и они њу... Како је живот пролазан...

— Мама! — из мисли је отрже Сара — легла бих да се одморим. Хоћеш ли и ти поред мене да се заргрлимо и сањамо о свим оним лијепим стварима о којима увијек причамо?

— Нећу, душо моја, још нећу да легнем. Шта ћу онда вечерас са собом? Само се ти одмори. Чека ме кафа коју сам скувала, а тебе ћу пробудити за вечеру. Огладнила сам искрено. Пријатно ћу вечерати.

— Јеси ли сада добро? — сањивим тоном заинтересовано је упита Сара, не скидајући забринут израз лица.

— Јесам, злато, буди без бриге. Сада сам заиста добро. Хвала Светој Петки да ми те живу вратила — сагну се до дјевојчице и спусти јој врео пољубац на косу. Она је већ равномјерно дисала, полако утањајући у чврст сан.

Рада разнежена уздахну дубоко, пригрли врућу шољицу кафе, и подвуче ноге под покривач, као дијете коме је толико потребна утјеха. Отплови у далека сјећања и лични монолог.

„Сто пута сам у животу била тужна због разноразних спознаја, разочарања, губитака већих или мањих. Тужна сам била када сам са родитељима напуштала кућни праг, и ријетко ко у то вријеме није осјетио на својој кожи овакву или онакву муку. Али, ова и оваква туга...

„У рату знаш ко је са друге стране, ко је против тебе, ко није са тобом. Ово је рат који никада не престаје! Рат који траје док год те има. Рат са самим собом. Рат са мислима, болом, усамљеном жалошћу и тугом. Рат против судбине, себе, чак и против Бога, кад погледам са ове дистанце. Питаш се несрећно какав је то Божански план да ти из наручја отргне дјецу, а тебе остави у животу као неку своју страшну казну! Као проклетињу. И ходаш тако, саплићеш се о све што те боли и реже.

„Избјегаваш и људе, а видиш да и они тебе избјегавају.

„Као да се сударамо о нелагоду, нити они знају шта би мени рекли, нити ја шта бих им одговорила.

„У самом почетку свака ноћ је била тежа од теже. Густ мрак притишће и изједа срце као рђа гвожђе. Свуда тишина, тај нечујни звук непримјетан за друге, а прејак за мене. Тишина са хиљаду неиспричаних прича и безброј проливених, никад обрисаних суза. Даљина од вас и мене равна је мучилишту. Као гиљотина дочека ме сваког јутра, које носи жудњу за некадашњим зимским радостима, за сваком грудвом баченом у прозор, за сваком испараном капицом и смрзнутим носем. Сјећање на грају и дјечју вику, на хронологију живота која је нагло прекинута. Све је грубо отето, сем болног уздаха који се често стапа у јецај без смираја.”

Пригушен јецај из дубине срца нађе свој пут, и Ради потекоше сузе. Руком их обриса, и погледавши у Сару утјешено отпи гутљај топле кафе.

Осјећај поновне цјелине и спајања са вишим сопством и безграничном љубављу, запљусну њено рањено срце. Дисала је љубав без обзира на увијек присутан осјећај унутрашње развалине и половичности.

„Ваља побиједити све прошло, и наставити усправан и снажан”, присјети се реченице којом је саму себе храбрила свако јутро.

Полуосмијех се разли њеним лицем док је несвјесно плутала са једне успомене на другу.

Мисли теку јој и запљускују једна другу.

И тешке и пријатне јасно се извлаче невидљиво умотане у побједу која је надјачала сваку ноћ, нијему, замуклу.

„Пресвета Мајко моја”, помисли.

„Слатка Мајко, слична ли нам је бол. Ти си Мајка једног, јединог Бога, па је то све страшно, да страшније не може бити. А ја сам грешна, нејака за све ово бреме које нисам тражила нити очекивала. Овај терет ћушнут у руке, терет који је преголем за моје срце, који ми није потребан, са којим не знам куд ћу, утег који вучем пуна уздаха, јаука и суза...

„Признаћеш да је овај ход по рубу несреће и повремене среће раван подвигу. Реци ми Мајко, мени оваквој онемоћалој, неспретној и муцавој, дај ми утјеху као што си ми давала у оним страшним и дубоким ноћима у којима нисам знала како дочекати јутро. Падала сам и устајала, саплитала се о личну муку као о неку узенгију, као о неку вјечно привезану затворску куглу. И несвјесно сам примила праслику бола самог Христа и Тебе несрећне под крстом, док је попљуван, исмијан и претучен висио, чудесно достојанствен упркос покушају да Га унизе. Милостива Краљице, ми Теби не дадосмо утјеху, но Сина Твог напојисмо оцтом и жучи, а Син Твој онај дан напоји мене животом и свјетлошћу у коју гледам сваки дан. Утјеши ме син Твој Саром. Опет има ко да ме зове ’мама’ — тим најслађим именом, који храни моје срце и лијечи овај дубок бол.”

Из њених очију одронише се сузе, па капљу, капљу...

Иза прозора гугутка накривила главицу и трепће очицама. Рашири скупљена бијела крила и вину се у небо.

— Колико је сати? — прену је мек Сарин глас.

Збуњена, на тренутак, погледа Сару и лагано се насмјеши. Осјети олакшање у души слично путнику, кога су због дугог пјешачења забољели табани, па након кратког одмора добије смирај и олакшање и срећан наставља даље, ношен новим километрима и километрима далеког пута.

— Хеј, дјевојко, пробудила си се! — радосно примијети и погледа у сат на телефону. — Аух, вечера је већ почела! Дижи се цурице, толико сам гладна да ћу појести и твоју порцију ако ме не стигнеш — рече Рада раздрагано и потрча до врата. Сара искочи из кревета и појури за мајком.

— Није фер, чекај ме, морам да се обучем. Хееј!

Наста пометња и весела цика мајке и кћерке. Толико тешких догађаја је иза њих. Бол је дошла и прошла. Расположење и весеље су остали. Лифт их је спуштао до трпезарије у којој су примамљиво мирисала јела.

XI

Након укусне и обилне вечере, одлучише да поједу сладолед, прошетају главном улицом, и упуте се у собу на коначан одмор и спавање. Расположење заједничких тренутака се увећавало сазнањем да је данас могао бити дан пун несреће, а насупрот томе шетају опуштене, дотјеране и захвалне за сваку поуку коју им живот шаље. Пламен љубави међу њима двјема, још више се разгори кроз захвалност. Некада је снажан и болан доживљај пресудан за цијели живот. Из страха се често да научити много више, него из спокојних околности. Тек послије се уочи да он често ради за нас, ако му дозволимо да нас подучи.

— Мама, ја ћу мало читати књигу прије спавања. Хоћеш ли ти на спавање убрзо? — сањиво и задовољно се огласи Сара, кад су стигле у собу.

— Убрзо ћу и ја, љубави, само ти уживај уз књигу. Шта читаш?

— *Улицу дивљих кестенова* Данила Киша.

— Хм, давно сам читала као лектиру. То је заправо дјело *Рани јади*, а прича је *Улица дивљих кестенова*, зар не? Баш ме занима како ћеш ти доживјети ту предивну новелу о сјећањима дјечака на најраније дјетињство, премда му није било нимало срећно. Штавише, носио је тешко и болно искуство из тог најранијег доба, али свеједно је чезнуо због искре снажне успомене на то вријеме, и улицу у којој је дрворед дивљих кестенова будио у његовом срцу тиху њежност и дрхтај неке нејасне среће...

Сара задивљено погледала мајку и прекину је:

— Немој ми причати, тек сам скоро почела да читам. Једва чекам да размијенимо утиске и мишљења — закорачи у кревет и нагло се окрену ка мајци: — Мама?

— Молим срећо? Кажи?

— Волим те највише. Хвала ти за све тренутке уз тебе.

Рада не рече ништа. Задржа у себи талас слатке милине коју изазваше благе ријечи њеног дјетета, и погледа је очима у којима се цаклила љубав у њеном највишем облику.

Чим је припремила себи нес кафу, погледа у Сару желећи је позвати у друштво на терасу. Књига коју је држала у рукама, склизнула је на прекривач, а њен одраз лица је одавао спокојан сан. Узе књигу пажљиво да је не пробуди, и чврсто је прислони на груди, борећи се са налетом нових успомена које су је нападале попут роја пчела док бране кошницу.

Сјећа се, Свјетлана јој је након читања усхићено пружила да прочита снажну приповијетку о значају успомена из дјетињства. Живахно јој је објашњавала тренутак када се некадашњи дјечак вратио у своју улицу и угледао да је све потпуно другачије, да нема ништа од онога што је понио у срцу, ни његове куће, чак ни кестенова који су посјечени, те да је све пусто и туђе, а он намјесто очаја, понесен живим успоменама, затвара очи наочиглед забринутих пролазника и препушта се плими живих слика које извлачи из дубине свог срца.

„Тако ћу и ја, мама, једног дана, када се вратим са далеког пута, проживљавати своје успомене понесене из нашег дома. Грлићу у мислима и тебе, и нашу јабуку, и Мачка, и секу док се игра са овим садашњим псом, прошетати се својом собом и оживјети све тренутке ушушкане у једину, праву љубав...”

„А кад ти то мислиш да идеш?”

„Кад дође вријеме за то, кад сви буду припремљени и свјесни. Тако ћу и ја да се упустим у животне авантуре кад дође вријеме, путоваћу много и видјети све што бих жељела видјети, а до тада чекам да се осамосталим.”

Док је ослушкивала њен звонак смијех који се завлачио у све ћошкове собе, сузе су клизиле низ лице. Опет жива сјећања притиснуше срце тугом, тврдом и нијемом као земљом. Оте се уздах и проговори више од хиљаду ријечи. Толико тога стане у један уздах. Нечији читав живот и два мајчина ока из којих лију сузе као потоци, незаустављиви. Помисли колико се ова мука не примјећује међу људима док показује само осмијех и снагу, али ипак, човјек најбоље зна самог себе. Зна своје слабости, недостатке, зна кад се продао другом за бољег инсана, а кад је спет неправедно потцијењен од околине; зна да ли је баш најбољи дио себе пружио у неком послу или забушио; зна колико вриједи, а колико не.

И могу други причати о нама рђаво или најбоље, дубоко у себи, слушајући те ријечи, ми знамо са чим се слажемо, а са чим не. Човјек може преварити друге, али себе и да хоће не може.

Чим уђе у своју собу као у личну тамницу, на свјетлост дана изађу све лажи и обмане са којима се кинђурио пред другима, показујући се бољим, способнијим или јачим. И тада, као на позоришној представи кад се застор навуче, човјек опет буде оно што стварно јесте. Сам, несрећан и слаб... Сузе ту ништа не помажу.

XII

Ноћ преливена црним мастилом. Из ближњег бара, уз дирке клавира прикрадају се звуци завејани маштом заборављеног, давнашњег војника, а ваздухом лелуја мирис лимуна, наранци и ловора. Мељине се полако спремају на починак.

Рада на тераси собе циједи трећу чашу вина и бори се са тешким мислима. Ноћ као пријатељ у тешким данима. Увиђајна, ћутљива, ту је ако затреба сакрити садржину болне душе. Чаробан мир као оне године, ничим не наговјештава крај. Варалица тамна и биједна ничим није наговјестила да јутро, тек начето, односи све лијепо, срећно, племенито и сажето у заједничке тренутке и сигурност обичног дана. Јасно се сјећала те тихе ноћи.

Звијезде високо на небу трепере као жишци у кандилу. Зрикавци полако пакују своје виолине и спремају се на путовање до сљедећег љета. Тишина. Угодна, разгаљујућа, још мирише на трагове љета. При смјени са јутром, узмиче уз дубок наклон и одлази у сан, чекајући распоред сати да се поново спреми за несаницу.

Њих четири се спремају на кратак пут радосним поводом.

Андреа нестрпљива, разиграна поцупкује и жудно чека полазак. Лице јој весело, украшено осмијехом и паром новопристиглих сталних зубића.

У сјајном погледу простирало се ишчекивање најбољих година које тек пристижу. Па, тек јој је десет.

Колико је широка стаза живота која се тек указује пред њом. Лијепа као цвијет из баште што се посебним мирисом истиче. Пјегице као нацртане, лагано попадале по лицу. Поздравља се са својим четвороножним, крзненим другаром. Тек очекује најбоље дане и године...

Свјетлана — свршени матурант. Мала матура. Расипа кораке дуж стазе којом у шпалиру матуранти ходају. Свака дјевојка има свог пара. Момци очешљани, насмијани и достојанствени — млади људи са путоказом испред себе. Ријешили да освоје свијет. Баш они, да измијене све и надодају зачин доброте у свом овом времену, које је узбуркало много тога, измијешало и добро и зло. Младост, негација свега лошег. Нада у сутра и прекосутра, и све боље и љепше...

Јелена Новаковић — љупка госпођица, случајно или вољом Божјом залутала у њихов живот, млада дјевојка од 26 година. Сања о удаји, путовањима на које ваља кренути полако, срећна... Први важнији испит обављен — возачки испит. Пред њом километри и километри неиспитаних путева, нови и скупи аутомобили, планови, изласци, дружења. Списак снова је дугачак...

Рада — млада жена — испуњена и задовољна мајка. Спокојна и срећна.

Пушта своје мисли да бескрајно свјетлуцају и воде је од једне до друге дјевојчице. Њихов почетак живота тек обећава.

Стоји међу њима као кормилар на броду, снажна и сигурна у правац живота. Без сумње и стрепње.

Јутро тмурно и кишовито. Септембарска киша гаси плаховитост љетних врућина. Кишни дани су све извјеснији и хладнији. Спремне крећу на пут, радостан и лијеп.

А пут толико кратак, да се не рачуна путовањем...

Дионица пута: Лукавица-Пале.

Путовање пуно смијеха, пријатног милозвучног гласа Боба Дилана. Киша спира трагове прашине са вјетробранског стакла. Испредају се авантуре школских година. Оцјењују се прве симпатије. Планирају се морска путовања. Смијех. И изненадан удар, снажан удар аутомобила и тишина. Краткотрајна и мучна тишина. Поред Раде, расута по волану Јеленина густа црна коса, и смијешак за дуг непланиран сан.

Њу боле ребра и губи ваздух. Плућа као склопљена хармоника, траже простор и ваздух.

Окреће поглед ка сједишту, на коме главу уз главу, наслоњене и припијене, спавају сестрице. Спокојне и неспремне за било шта лоше.

Зове их да јој се јаве. Ћутња. Дуга и злокобна, предуга од свега пар тренутака.

Уплашена, притишће браву врата која су заглављена. Нагли и нервозни покрети напокон отварају улубљена врата.

Киша роминя и хлади угрувано тијело. Стоји на путу и маше објема рукама. Зове. Моли за помоћ.

Пролазе аутомобили без застајкивања. Покоји чудан и равнодушан поглед оставља траг у уплашеном срцу. И напокон! Зауставља се један аутомобил. Излази млађи човјек са изразом забринутости, и не пита ништа. Брзим и јасним погледом уочава тежину ситуације.

Прилази готово уништеним вратима и промаља главу. Поред тог непознатог мушкарца стоји Рада, и гледа као у сну. Очекује да све поправи, измијени, уљепша. Да једним потезом врати музику, смијех и слатку препирку какав тип дјечака је љепши...

Човјек узима телефон и позива хитну помоћ. Она осјећа бол у плућима и ребрима, али нема времена на то мислити. Само да је њих три одвести на сигурно. У докторским рукама су безбедне. Мало су се угрувале. Проћи ће...

Хитна помоћ уз парајући звук сирена стиже. Ужурбани техничари и доктори прилазе ауту. Оне спавају. Јелени танак млаз крви цури из уста...

„Молим вас, реците ми како су”, чује свој промукли глас.

Извлаче Јелену и Андреу, стављају их на покретна носила. У аутомобил човјека који је стао, смјештају Свјетлану.

„Реците ми, како је”, гласом налик самртничком ропцу проговара Рада, и гледа у непознатог мушкарца пуна наде.

„Добро је, не брините. Добро је...”

„Дајте ми да јој узмем руку, можда јој је хладна. Можда јој је потребна топлота.”

„Нека, госпођо, да је не будимо. Сад ће свакако у болницу.”

Испред болнице сестре и доктори. Ах, све ће бити добро. Сад су на сигурном. Ту је и њен муж. Докторка Тања. Хеј, па шта има да брине. Сви су ту, сви који знају свој посао. Узимају Свјетлану на носила и журе, трче...

Не губе вријеме. Спуштају и Андреу на носила... Јелена покривена бијелим чаршавом... Зашто?

Ух, како њу боле ребра и стомак. Повраћа јој се... Чек да види шта ће бити са њима. За њу има времена. Добро је она. Стари вук...

Изненадан врисак мушког гласа пара ваздух, цијепа облаке.

„Свјеееетланааа, кћери татина!...”

Чекај, зашто тако јеца...

„Жао нам је... Није издржала. Отпутовала је...”

„Шта причате!? Ко је отпутовао! Камо? Зашто?...”

Устрчали се бијели мантили. Дежурни хирург, доктор Ратомир Голијанин убада јој неку ињекцију. Осјећа лаган мир и тупи бол... Безброј питања, а одговора ниоткуд.

„Чекајте, не радите то. Реците ми шта је са моје три дјевојчице? Како су? Зашто сте сви блиједи и озбиљни? Хеееј!”

Око ње густ и тежак мрак... Губи свијест.

Свјетлана је отишла без поздрава, није јој се јавила. Није рекла да иде, да путује. Има ли то везе са посљедњом причом и *Улицом дивљих кестенова*. Отишла је без ручка, пољупца, изненада и тако ненајављено.

Хееј, чекај душо. Па, како тако? Ништа ми о томе ниси говорила.

Синоћ смо биле тако веселе и разговарале о свему.

Ниси ми ништа најавила о твом одласку...

Свјетлааааанаа, срећо мамина. Куда тако рано? Не остављај ме! Знаш ли да нисам храбра без тебе?

Знаш ли да не могу спремити јелку без твојих идеја. Ускоро ће и Божић... Чујеш ли ме? Није фер!

Кажеш, оставила си ми сестру... Плашим се да ће по први пут бити својеглава и непослушна...

Увијек је за тобом ишла. Тебе је слушала и вољела... Оставиће ме и она... Хеј, нисам вам рекла да сам се само чинила пред вама као мама херој. Нисам, вјерујте ми! Обична сам ја кукавица, стара олупина без вас. И Јелена је отишла расуте бујне косе... Ни она се није поздравила! Па шта је са вама, дјевојке? Немојте ми то радити... Не данас, не овај пут! Не могу да поднесем такву одлуку... А ја? Што и мене не поведосте!

Хееj, куда ћете? Нисте ми још гомилу ствари испричале! А толико тога ни ја вама нисам рекла. Не стигох...

И сестрица је отишла за тобом, Цецо. Знала сам! Тачно сам знала, да ће се љубав мала кришом одшуњати, да ме не растужује. Вољела је када сам весела.

Знате ли да ми сада све задаје бол, па и сама наизглед ситница, да не могу више сједјети поред и слушати жамор и надвикавање ваших гласова, док ми је највећа награда моја ћутња међу вама. Знате ли шта ми паде на памет сада?

Наизглед обична, блесава ствар коју нисам примјећивала док сте биле ту — мучи ме често. Руке су ми постале и сувише тешке, умањене за вас двије. Празне. Нисам знала да празне руке могу бити тако тешке и болне. Не знам понекад куд ћу са њима. Кренем да вас загрлим, а вас нема у загрљају, кренем да их раширим, а оне висе, клате се поред мене као туђе и ничије. Онда их управим ка небу, у висине према вама.

Уздижем их, пропињем се као када смо „брали грожђе" у оној пјесмици док сте биле мале, и дотичем се ћошка облачића у коме сте шћућурене... Стале сте у један облак онако мале и толико младе!

Нисам вам испричала како сам једном давно слушала ловца док је са нескривеним задовољством причао о срни која је унезвјерено трчала са једне стране на другу, тражећи своје младунче, које су они неки трен раније убили и одвукли у грмље. Притајени су чекали да је измори то трагање и безглаво трчање за младунчетом. Кад је угледала лане, зачуо се голем писак, који је чак и њих на трен освијестио, а онда је она легла поред свог младунчета потпуно болна, не марећи за опасност од смрти!

Спокојна и мирна лежала је, као да њено младунче још нечим може охрабрити и потпомоћи.

Хеј, видите ли како је у животињском свијету снажна бол за дјететом, а камоли у људском!

Ћутим изнемогла и узнемирена попут оне срне. Легла бих и ја поред вас као што је она, али моји ловци још нису стигли. Миле моје дјевојчице! Плашим се...

Нисте ме никада питале имам ли неки страх док сте у мени неоправдано гледале најјачег борца и вашу снагу. А, заправо, било је обратно. Моја снага сте биле ви. Сломила се као галеб о хрид, кога ће таласи полако одвући у дубину воде и остаће само кратки траг у мокром пијеску...

Хеееј, потражила бих вас, али ваша сестра је мала. Треба ме... Ипак, чекајте да вам нешто испричаам. Хеееј...

— Мама, мама! Пробуди се, мама!

Изнад њеног лица млада, лијепа и врло уплашена, викала је Сара.

— Мама, сањала си нешто ружно. Много си јецала у сну...

— Добро сам, душо! Лези крај мене — рече кћери, која се послушно ушушка у њен загрљај.

Грлећи свог малог живог анђела, Рада је поново заспала, овај пут мирним сном.

XIII

Наредног дана, поприлична главобоља и тежина у сљепоочницама пратили су Радино буђење у само зачеће јутра. Наслоњена на довратак прозора слушала је нијеми врисак новог дана, који се рађао износећи златасту куглу.

Још црвено од крвавих порођајних трагова, јутро се уздизало изнад морске површине као чедо које је спуштено под воду након првог удаха. Била је захвална на погледу који је пружао чудесни призор сненог тоњена у сан старе ноћи и рађања новог дана.

„Соба је, могуће, била прилично скупља, али вриједи сваку пару", опчињена призором помисли, честитајући себи на одлуци, да узме баш овај апартман са самим погледом на плажу и природне циклусе смјене ноћи и зоре.

Усхићена јасним Божанственим призором, отиде до фрижидера и приправи неколико сендвича за плажу.

Кратки погледи на Сарино снено лице извукоше из њене душе пуноћу и радост, која се не мјери никаквом обичном срећом.

„Уплашила се ноћас за мене", присјети се њеног престрављеног лица над собом, и сажаљиво помисли на Сару и неки крст који је и њој дат доласком у живот баш њихове породице.

Тихо и свечаним заклињањем, дубоко у себи обећа да ће све прошле трагове и бол оставити иза себе, а присјећати се само лијепог и важног дијела свог живота, у коме ју је Господ наградио Свјетланом и Андреом.

Као неко ко се неминовношћу одласка опрашта са својим родним градом и одлази заувијек пуштајући да га плима новог и неухватљивог живота понесе, то јутро, правећи сендвиче за плажу, Рада уз неколико сребрнастих капи суза и испрекиданих уздаха, погледа у небо и побожно се прекрсти.

„Почивајте, малене моје, у радости непознатог живота и спавајте спокојне. Нећу више туговати, обећавам вам. Знам све ваше жеље и обећање на које сте ме нијемо заклеле, шаљући ми сестрицу вашу, нашу Сару. Једну једину и непоновљиву. Знате, ону нашу 'Сару'.”

Милина се разли њеним срцем, присјећајући се њиховог потписа.

Потпис као завјет. Као провиђење. Као судбина.

Чак и као зла коб.

Као чудо, напослијетку!

Тако су остављајући поруке једна другој њиховим шифром, њиховим кодом, знале да су нераздвојне. Да су тројство.

Присјећала се како су нашле заједничко име у почетним словима њихових имена:

С — Свјетлана,

А — Андреа,

Ра — Рада.

Скуп обичних слова под необјашњивим законима Божанске промисли начинио је све, само не обичан живот три бића — кћерки и мајке. Њена слова у акростиху су била најдужа. Њих двије по једно слово, она два! И то је ваљда говорило о њеном дужем животу, али и наставку.

Оно мало „а” иза слова „Р”, је тај анђео који је стигао као наговјештај утјехе мајчином болном животу.

„А” као:

Анђео — посланик, весник, гласник;

Албатрос — сматра се да албатрос није само птица, већ и носилац Божанске искре; жив албатрос је симбол Божјег стварања и невиности; као прогоњена фигура спасења, албатрос на много начина личи на Господа Исуса Христа;

Албумин — протеин без кога је немогућ здрав живот; албумин кога ствара јетра и спречава да течност цури из крвних судова, његује ткива и преноси хормоне, витамине, лијекове и супстанце попут калцијума по организму;

Алеја — пут оивичен с обје стране дрвећем; њен дрворед, њих три у чијој пријатној хладовини одмара душу;

и напокон:

Адреса — мјесто становања, одредиште, вјечно пребивалиште њих четири у једном срцу.

„Ра” наставак смисла претходна два слова:

као радост;

као распеће;

као ружа;

као рез.

Радост као Божје обећање.

Распеће између туге и радости, између смрти и живота, између страдања и обнављања, између бола и олакшања.

Распеће попут распетог Христа на страдалном крсту, који донесе побједу над смрћу и Васкрсну из смрти не само себе, већ све мртве од доба Адама и Еве до тог дана.

Распеће које је прибило и њу, на њен страдални крст, али и побједа над тугом. Распеће које је донијело нимало лак крст и Сари, али и њена снага којом је Васкрсла читаво Радино биће.

Ружа као обновљени пупољак, израстао са мјеста процвале и мирисне руже, којој су латице опале, и...

Рез који је начинио Бог кроз крај једног живота, али почетак новог, као рез ножа који је пробио њено срце оног кишног дана, као рез који је распарао њену утробу доносећи нову Сару у живот, као рез који је неопходно начинити и оставити тешке и уморне мисли, о које се саплиће врло често!

Сједе на столицу окупана неком новом срећом, готово савршеном срећом и свечано обећа:

„Доста! Доста је суза и плача! Стигло је чудо равно из облака, послато од самог Савршенства. Стигло је чудо као чежња за далеком љепотом и некадашњим миром. Нема умирања! Нема!

„Настајемо, рађамо се, старимо, мијењамо се, растемо, долазимо и одлазимо, само не нестајемо. Стварни смо у својој пролазности. Стварни као Сара која је стигла обновљена и нова са још више садржаја. Све три су се скупиле у једно биће кроз Васкрслу љубав Божју. Све три су скупљене у једно биће оног 19. јуна, раздерале њену утробу и означиле читав њен будући живот. Опет су све заједно! Сада увећане и појачане, обновљене и обожене!”

Гушећи се неким новим заносом са изразом опијености човјека коме је дат нови живот, приђе кревету и наслони вруће дланове на Сарине образе. Дијете се промешкољи и отвори очи.

Снено је гледала у мајчино лице које је добило потпуно нови израз. Ни њеној дјечјој души није промакла та промјена.

Пружи ручице и прихвати мајчине руке. Спојише се у наручју невидљивог Бога. Туга је била побијеђена тог јутра. Приљубљена два тијела у једном загрљају погледаше на зид терасе са које се зачуо шум. На симсу зида бијели голуб попут раскошне рајске птице накриви ситну главицу, и задржа очице на њима двјема. Рашири крила и одлети у плаво пространство, остављајући за собом дах свјежине и далеке, неокушане љепоте.

— Хајде, мило моје, напокон да кренемо на плажу. Предуго смо остале у соби.

— Није ми жао, мама, што смо се оволико испричале и измазиле, као некад. Сјећаш се како си ме док сам била мања, доносила у свој кревет и мазила, мазила...

— Ха, сјећам се лудице једна, а шта сад ти као недостаје то? Мало си већа и отежала, не могу баш да те тако носим до кревета — рече и начини лице као да трпи неки терет.

Сара се грохотом насмија, лака као срна стргну фротирни прекривач и одјури на умивање.

Рада помисли како ће данас потражити људе из обалског обезбјеђења, који су помогли да се пронађе њено чедо.

— Како се, злато, зове тај човјек што те је пронашао јуче? — заинтересовано је упита кад се појавила из тоалета обучена и очешљана.

— Воја. Чика Воја се зове. Он је сликар, мама. Има тако блесавог пса, Барона. Он је лајао када сам полуонесвијешћена лежала, па ме је тако чика Воја и нашао. Знаш ли да ми је обећао да ћемо направити скупа новог и љепшег змаја, од оног кога сам имала? Обећавам да овог пута нећу да трчим по невремену — умиљато сави руке мајци око врата и спусти јој пољубац на косу.

— Сликар?

Рада се лагано трзну и замисли набирајући чело као да се покушава нечега сјетити.

— Јесте, сликар је. Има косу свезану у дугачак реп и сиједу браду. Био је јако фин према мени. Уплашио се што ме је нашао. Рекао ми је да пожурим кад су чувари обале стигли, јер се сигурно много бринеш.

Ради је требало неколико тренутака да се врати из неког размишљања.

— Чудно, баш је чудно то са сликаром — полако изговори неодређено, гледајући у правцу мора са терасе.

— Шта је чудно, мама?

— Ништа, ништа, душо, тек тако размишљам. Хајдемо на плажу, напокон да потражим спасиоце, а онда ћу се распитати за тог Воју. Обавезно желим да му се захвалим.

— Хоћу ли, мамице, моћи да скупа с њим правим и бојим змаја? — звонко се огласи Сара.

— Добро је, ти више са тим змајем! Једна авантура ми је и превише. Размислићу да ли ћеш више икада добити змаја.

— Мамааа! Зашто? Па, добро сам, а научила сам и лекцију. Видјећеш како сад знам који вјетар је опасан, и по каквом времену ваља оставити и змаја да одмара. Молим те, молим те, молим те...

Рада се опуштено насмија, одобравајући њено умиљавање.

— Хајдемо већ једном! Пропустиле смо читав дан, скоро ће и залазак сунца.

Сара се гласно насмија мајчиној изјави и њеном добром хумору.

— Идемо, шефице — стаде пред мајку и одлучним покретом десне руке, као кад војник салутира, поздрави њен лијеп и тако снажан лик.

Спустивши пешкире преко лежаљки и подесивши сунцобран, замишљено је погледом тражила спасиоце који су јуче помогли њеној кћери да се врати са непознатог дијела плаже.

— Хајдемо у воду скупа, а послије ћу да потражим чуваре који су те јуче довезли назад. Јеси ли их питала како се зову?

— Нисам се сјетила, толико сам била уплашена за тебе, мама. Чула сам од чике који ме је грдио да си престрављена. Само сам плакала до повратка на плажу.

— Немој више да ме подјсећаш на то. Распитаћу се чим се осушим након купања.

АЛЕКС САШКА

— Немој више да ме подјсећаш на то. Распитаћу се чим се осушим након купања.

XV

— Немој злато, ни ти још дуго остајати у води. Изађи убрзо да нешто поједеш и мало се осунчаш. Данас смо тачно преполовили дане одмора, а још немаш ону лијепу морску боју јер си стално у води — осврну се да погледа кћерку и руком отресе мокру косу.

Одлучи да оде до хотела и поручи кафу, кад Сара изађе из воде, те на рецепцији упита како може сазнати имена људи из обалске страже који су јој јуче довезли дијете.

— Баш сам се искупала, мајко, сад ћу се стварно сунчати — расположено рече дјевојчица, узимајући пешкир да се осуши. Прсти на рукама су јој били смежурани као скувани, а уснице развучене у осмијех.

— Одлично, буди ту и чувај ствари. Идем до рецепције нашег хотела да питам како да пронађем момке који су те јуче спасили. Имаш сендвич у цегеру, намажи се кремом и лези.

— Читаћу књигу, мајко, понијела сам је на плажу. Хоћемо ли причати о садржају касније?

— Хоћемо, љубави, чим је прочиташ цијелу. А сад одмарај. Идем ја.

За тили час стиже до хотела.

Хотел Лазуре у Мељинама тог лета био је потпуно нов и тек отворен за туристе, већим дијелом изграђен у историјској згради Лазарет из XVIII вијека. Има смештајне капацитете са свом потребном удобношћу која је гостима на услузи, почевши од раскошних соба, ресторана са медитеранским и другим јелима, винског салона, преко рекреационог центра са затвореним базеном, саунама и теретаном, па све до сала за састанке и конференције, плажног бара и простора за догађаје у врту. Сву ту прелијепу амбијенталну цјелину која се састоји од рустичне архитектуре, модерне унутрашњости и парковског окружења пуног растиња са свих меридијана, употпуњује јединствен, предиван поглед на бококоторски залив.

Сходно свом високом нивоу, садржи и јако организовану службу обезбјеђења, на мору и копну...

— Извините, треба ми једна информација — наслони се рукама на пулт иза кога је стајала плава, љепушкаста дјевојка, дугих налакираних ноктију.

— Кажите, шта Вас занима — пословном љубазношћу се обрати неодређено гледајући по холу. Размишљала је о жељи да јој што прије стигне смјена, како би могла отићи на плажу и освјежити се. Дан је, заиста, био посебно врућ и спаран.

— Јуче се моја ћеркица изгубила — заусти Рада, описујући јучерашњи дан и драму у потрази за десетогодишњом дјевојчицом.

Дјевојка, видно заинтересована и потпуно прибрана, у тренутку саосјећајно рече:

— Јој, то сте Ви, госпођо, јуче били. Читава плажа и хотел били су упознати са Вашим случајем.

— Нисам ја била — шаљиво проговори Рада — већ моја десетогодишња кћер. Она се изгубила, мене нико не би ни тражио — заврши у шаљивом тону будећи симпатије код раднице хотела.

— Знам, знам, нисам се добро изразила. Како сте данас? Гдје Вам је кћерка данас?

— На плажи је, неће више никуда мрдати сигурно — опет се спокојно насмијеши, па упита — молим Вас, занимају ме момци који су јуче пронашли моје дијете. Жељела бих да се лично упознам са њима и захвалим се. Можете ли ми помоћи да их пронађем?

— Ево, сада ћу погледати у дневнику рада ко је јуче био од спасилаца, чекајте тренутак — пријатно одговори дјевојка и удуби се у дебелу свеску плавих, кожних корица.

Након полугласног мрмљања, клизећи прстом по редовима имена, погледа у Раду и рече:

— Далибор и Златан су јуче били дежурни, али нажалост, ниједног не можете пронаћи — напокон проговори.

— Како? Зашто? — збуњено је погледа, сметено размишљајући о томе како не може да их упозна.

— Златан је јутрос отишао кући. Смјена му је стигла, ту је више од мјесец дана био. А Далибор је имао неки породични проблем, прекинуо је посао и одјавио се синоћ касно.

— Како ми је жао — разочараним тоном проговори Рада. — Баш сам жељела да их видим и да се захвалим на труду и помоћи.

Дјевојка слегну раменима и гласом пуним поштовања покуша ублажити њено разочарење обећањем да ће им она пренијети захвалност.

— Шта да се ради — коначно затвори свеску и врати је у ладицу.

Остаде загледана у Раду неколико тренутака, па као да нема више шта да каже, лагано се осмјехну и упита:

— Је л' то, то?

— Био је јуче један озбиљнији човјек са њима двојицом. Чини ми се да су била тројица у ауту.

— Ах, да. Драган! Он је надређени. Њега бих могла потражити телефоном ових дана и рећи да сте га тражили. Није сваки дан у Мељинама.

Рада се замишљено удаљи од информационог пулта, и помисли како јој је остала једина могућност да пронађе тог сликара Воју и да му се захвали што је био у право вријеме на правом мјесту.

„Хм, како га сад наћи када нема спасилаца да ми објасне гдје је та увала на којој су пронашли Сару са њим", размишљала је.

— Знаш ли ти душо, гдје је та увала у коју си залутала — упита Рада кћерку, пружајући јој велики корнет са четири кугле сладоледа.

С одушевљењем које је било очито на лицу, Сара прихвати посластицу и одрично климну главом.

— Не знам мама, ништа. Чика Воја ме је пронашао након олује, а ја сам трчећи за змајем залутала у тај дио. Знам само да на том мјесту има један стари чамац, али се не могу сјетити ни имена чамца, иако је писало на њему. Неко шпанско име, чини ми се — додаде на крају потпуно заокупљена хладном и слатком посластицом.

— Какав чамац? — тргнувши се нелагодно упита гласом, у коме се осјећало нешто више од обичне знатижеље.

— Чамац невелик и стар, али лијеп. На њему сам сједила чекајући да прође олуја док ми таласи нису запријетили. Недалеко од тог чамца појавио се чика Воја и подигао ме са пијеска. Не бих сада знала да пронађем то мјесто. Чини ми се да није далеко од нас.

Рада одсутно климну главом и сједе на пијесак, одмотавајући фолију са великог сендвича.

„Да ли је могуће?", помисли и дрхтај језе се подвуче под њену кожу. Обриса чело надланицом и прошапута мисао коју је прочитала прије неки дан:

— Свијет, живот, свака ствар врвјела је од знакова које нам је Бог упућивао, да би човјек у сваком тренутку могао да прорекне своју судбину.

XVI

— Знаш Саро, биће ми баш жао када кренемо кући. Данас је једанаести дан како смо на мору! — помало разочарана брзином протицања одмора, рече Рада.

— Јој, и мени ће бити много жао. Зар већ морамо ићи? — незадовољно напући усне дјевојчица и засмија мајку.

— Тек за десетак дана, али половина је тако брзо прошла. Увијек сам тврдила твом тати који не воли море, како је десет дана мало, да бисмо се опоравили и одморили. У чуду је гледао у мене. Није разумијевао како неко може и један цијели дан да се излежава на лежаљци и пржи на сунцу, а камоли више од тога — насмијеши се задовољна њиховим договором око одмора.

Није оспоравао њену љубав према мору, поготово што су и дјеца вољела купање. Након рођења Саре, још више је одобравао дуга љетовања због дјететовог имунитета, и здравља жениних повредом начетих плућа. Али, само да он не иде!

Радине мисли одлуташе до вољене кћерке Свјетлане, која је посебно била слаба на тату, на свог Мачка, ког је често бранила од њене љутње због честих одлазака у задимљене кафанске просторије. И он се често сјећао тих тренутака.

„Мачак”, тихим гласом га је позвала Свјетлана и савезнички му намигнула, гурајући новчаницу у његове руке. „Видим да си се узвртио кô мачак око сланине. Ево ти лова, иди и не говори мами. Вратићеш ти својој ћери са каматом”, шалила се и гледала га очима пуним љубави.

Сјећала се таквих ситуација, које није жељела одавати гласно. Остављала их је у увјерењу да имају њихову тајну, о којој она ништа не зна. Свјетлана је одувијек са татом имала више ортачки однос, него однос какав имају кћерке и очеви. Обожавао је своју паметну и лијепу дјецу. Према Андреи био је болећив, као према млађој кћерки, али Свјетлану је некако доживљавао као сина кога није имао. О свему су могли да причају, шалећи се често.

Знала је и да га укори много пута, али и да наслоњена на прозорску даску чека да се врати из града. Никада пијан или недостојан. Просто, волио је то своје друштво, те људе са којима је дијелио сате и сате ван куће. Враћао се понекад касно, на прстима улазећи у кућу, шуњајући се као лопов.

„Чујем те, Мачак!“, заскакала би га иза врата, изненада се створивши пред њим. „Убиће те мајка сутра!“

Он би стављао прст на густе бркове, и ужареним погледом од дуванског дима и понеке чашице ракије, попут дјетета затеченог у крађи пекмеза, слијегао раменима и обећавао да сутра неће излазити.

Свјетлана је веома вољела тај његов покајнички и дјечачки израз лица, док је климајући главом као да му је мама, одлазила у собу. Сљедећи дан, ако би се „случајно“ повела ријеч о томе када је дошао кући, она би га бранила!

Мачак је свој надимак носио као неко обиљежје правог имена. Нико га није звао по имену Милан, већ просто — Мачак. Његови стари пријатељи, дај Боже да му знају крштено име. А свима је друг, боем, човјек који никога никад не оставља на цједилу! Као младић, био је електричар на бетонској бази у Ираку, гдје је кућу зарадио! Затим сарајевски таксиста, познат свима од Илице до Бистрика и Враца, увијек спреман да помогне ако некоме кога успут сретне пукне гума, или му се поквare кола. Због помоћи другима, често је знао да дође кући умазаних руку и без зараде! Лежеран и хладних живаца, тада би говорио: „Даће добри Бог! И дао је...“

Пошто је увијек био затегнут као војник и са добрим колима, туристи из европских земаља навикнути на ред и дисциплину, за вријеме зимске Олимпијаде, просто су се отимали о Мачкове такси услуге! Како никада ни у чему није штедио себе, трудио се не само да превезе, већ и да овим посјетиоцима објасни и покаже све тајне Сарајева, а они су то веома често знали да награде богатим бакшишом! Те године није знао колико је зарадио новца, али је знало његово друштво и сарајевске кафеџије! Могло му се, тада још није био ожењен... А и — Мачак је то!

Као учесник одбрамбеног рата остао је са породицом на свом прагу, упркос томе што му је кућа два пута гранатирана са Игмана.

Када им је нуђена евакуација, говорио је: „Ако ми који смо свдје рођени одемо, ко ће да брани! Вријеме је у Бога!”

Вичан шумским и домаћинским пословима, као старосједилац своје земље на Младицама, никада није био без стада јагањаца. Толико тога у једном човјеку, а ипак...

Питала се да ли је коначно разлика од двадесет година узрок међусобне отуђености, или једноставно његова потреба да се увуче у себе, у неки свој оклоп и не показује много осјећања. Није могла рећи да је не воли. То не, никако! На колико начина је само то показивао, али некако неспретно, неподесно, незграпно. Када су њих двије отишле, тај зид је постао још тежи и јаснији.

Присјећала се једног дана када је Свјетлана кренула на матурску шетњу и прославу матуре. Колико је само био поносан на своје дијете. Била је другачија од било кога из разреда. Необична, неоптерећена скупим тоалетама, све је знала да изнесе на себи својствен начин. Њена најбоља другарица Милица се увијек дивила Свјетлани, која је и „старке” знала да носи као да на ногама има најскупље женске ципеле. Док су њене другарице наручивале хаљине из Београда, или их шиле за ту прилику, Свјетлана се у посљедњи час одлучила да обуче једноставну дугу бијелу сукњу, кратку блузицу спуштених рукава у боји кајсије и ешарпу топлих тонова „Бенетон” колорита.

На ногама је имала бијеле равне балетанке, и све је тако љупко уклопила, да је сва једноставност заправо добила гламур због начина на који је она то изнијела. Практична, лепршава, млада. Мачак је по ко зна који пут слика, док она стрпљиво позира без тешке и упадљиве шминке на лицу.

Карактеристична кратка коса открива уздигнуте јагодице, савршено чисто тамнопуто лице, тајновит осмијех и њене као језеро, зелене очи! Очи округле са јасно дубоким погледом, паметне и топле. Остао је да лепрша њен звонки смијех, док јој је Мачак туткао новац у руку, дирнут спознајом како вријеме лети и да је већ велика дјевојка. Шалили су се на тај рачун, док је расположено одлазила љубећи се са мајком, а њему дајући „петицу” ортачки и „синовски”, како су њих двоје доживљавали свој међусобни однос.

Сјећајући се свих детаља, сјетно помисли како им је обома дат тежак и нерјешив тест брачног опстанка, након одласка Свјетлане и Андрее — оног кишног дана на злокобној дионици ка Палама. Нису ни знали да ће врло брзо, свега три мјесеца од те срећне матурске вечери, њих двије испратити на пут без повратка. Онога дана када су у амбуланти љекари констатовали да је Свјетлана заспала без наде да се пробуди, и када му је докторица Тања у сузама пришла и загрлила га, његов болан крик јој се урезао дубоко у душу за сва времена.

Попут ухваћеног лава, испуштао је снажне јауке и немоћно кршио руке, пружајући их ка небу.

Висок крупан човјек, оштрих бркова и косе, са неком силом која је до тада избијала из њега, као да је нестао тог дана. Неспретан у исказивању осјећања, још више се повукао у себе. Сјенка дубоког животног ударца лебди од тада око њега, и врло је уочљива.

У срцу му је замјерила што је одлазио из куће проводећи вријеме у кафани, мада је знала да је то његов начин. Начин којим је изражавао муку и тешку животну осуду. Често је кроз кућу успухивао избјегавајући њихову собу, бјежећи и од самог себе. Сјетила се како ју је једне вечери својом крупном шаком помиловао по коси, збуњен и једнако уплашен као и она. Погледала га је затечена и скоро непријатно изненађена, навикнута да вријеме проводи сама, пребирајући по глави или по рукама, успомене на њих двије.

Погледао је тада готово постиђен и уморан. Као да није знао куд ће са собом и сјећањима која и њега прогањају. Уздахнуо је, и као да се правдао због тог малог излива њежности, сметен и незграпан, изговорио је само једну реченицу, описујући стање свог бијега од животног усуда, који их је затекао тако неспремне и начинио изгубљенима: „Тешког ли живота, моја Радо”.

Од тада се између њих смакла невидљива, као олово тешка завјеса, која их је до тада скривала једно од другог. Свако је иза тог застора имао своје мисли, своју муку и сузе које нису умјели подијелити.

Такви ударци, које живот сурово припреми, наносе немјерљиву штету не само у једном облику.

На разне начине почињу да стижу тегобе, које се без милости окрутно наваљују и наваљују на инсана, гушећи животну радост и чинећи га помало окрутним и суровим.

„Можда је то живот тако уредио, како би се човјек прекалио и издржао навалу туге са сваким одласком на гробље, гдје су покривене хладном и тешком земљом ћутале њих двије.”

Осјећајући нејасно благост и разумијевање у свом женском срцу, Рада врати мисли са мужа на Сару и садашњи тренутак.

— Десет дана баш недовољно за одмор. Одавно сам ријешила да на море не крећемо, ако не можемо остати двадесет дана. Тек се тако може рећи да си био на мору. Сваке године ћемо ићи по двадесет дана — озбиљно проговори Рада и насмија се, док је посматрала своју слатку десетогодишњу кћерку, мислећи колико је живот у својој непредвидивости ипак чудесан и посебан.

Додаде још и то како јој је жао што се није достојно захвалила Сариним спасиоцима који су морали напустити Мељине, изражавајући наду да ће их идуће године пронаћи и наградити.

— Идеш ли у море? — изненада упита Рада, трчећи према води, поскакујући попут дјетета.

Осјећала је упркос свему, радост и вољу да се преда добрим мислима.

XVII

Освјежавајући чула цијеђеном наранџом, наслоњена на оквир прозора, одлучи да потражи тог Војо чим се Сара пробуди. Шетаће плажом и питати некога. Сигурно није усамљена у том сазнању да постоји неки сликар у Мељинама. Можда ради портрете па је познат, те га већина људи познаје. Нека тиха зебња се увлачила у њу. Да ли живот може бити толики комедијаш?

— Погоди ко је — зачула је танушан глас своје кћерке, док јој је топлим прстићима покривала очи.

— Лопов! — весело одговори Рада и окрену се ка кћерки.

— Зашто лопов?— напући уснице дјевојчица, као дијете које је очекекивало неку другу играчку од оне коју је добило.

— Лопов, јер је украо моје срце заувијек, оног 19. јуна — рече Рада и чврсто пригрли Сарину главу на своја прса. Уздахну дубоко и поче је несвјесно њихати у наручју. — Хајдемо тражити Војо. Морам данас да га нађем, и макар њему се захвалим што те је пронашао.

Већ након пола сата, двије прилике са шеширима на главама, ногу пред ногу, уз саму воду, шетале су и тражиле стари изблиједјели чамац.

„Ту негдје мора бити и сликар”, помисли Рада и изненада ссјети трептаје срца.

Помисао да је то можда исти човјек, кога јој живот поново шаље, плашила ју је и узбуђивала...

— Ено га — ускликну Сара показујући прстом у правцу старог чамца, кога су дубоко заваљеног у пијеску лагано умивали и запљускивали морски таласи. Помало је подсјећао на старца, који лијено и немоћно лежи, једва покрећући ослабјело тијело.

Њих двије се приближише и Рада угледа већ избледјели натпис, утиснут преко широког бока, некада лијепог рибарског чамца.

— „Сантјаго" — прошапта и задрхта читавим бићем. — Има ли когаааа?! — повика тако снажно, желећи саму себе удаљити од осјећаја који су је преплавили. — Хеееј, чујете ли?

— Видиш мама, да је чамац усамљен. Није овдје било никога, када сам ја онда наишла. Не знам одакле је чика Воја изашао. Обалској стражи је показао руком на неку колибицу — присјети се Сара и управи поглед куда ју је сјећање водило. — Хеј, ено неке колибице — обрадована усмјери прст према тршчаној изби, удаљеној свега педесетак корака.

Рада окрену главу у правац који је Сара показивала прстом, и угледа једва видљив мали кров. На први поглед је личио на неки стари, изношен шешир, остављен због посебних и личних успомена.

Опет јој се оте уздах и крупним корацима крену ка страћари.

Испред импровизованог кућерка, који је личио на склониште од вјетра, владао је мир. Около колибице је све било чисто и одисало неком пријатношћу која милује сва чула.

Просто се лагано увлачила у срце та умирујућа тишина, која на тренутак заокупи цијело Радино биће. Изненађена због тог осјећаја, тише него што је намјеравала упита:

— Извините, има ли кога?

Са малог крова, треперило је неколико сувих влати, производећи танак звук на пријатном повјетрцу.

Сачекале су добрих пет минута да се неко појави, а како нико није одговарао, опрезно завирише унутра, склањајући шарену тракасту завјесу, какву је виђала на продавницама сувенира. Све је било тако љупко, те помисли да би могла овдје одмарати цијели дан, склањајући се од буке и људи.

— Мама! — задивљена огласи се Сара. — Ово је као у бајци о Сњежани и седам патуљака. Како је мали простор, а толико тога има.

Рада завири и на тренутак осјети стид. Помисли како је преслободна, и да би се власник вјероватно осјетио непријатно да зна како она сада проучава нечији приватни посед, па макар био и тршчара склопљена од неколико дасака и слојева суве морске траве. Мали простор, а као да је добио неку ширину, због свих ствари које су се налазиле унутра. Сав сликарски алат био је уредно сложен, и сваки предмет је имао своје мјесто. Од сталка и платна, па до палете за боје.

Неколико туба акрилних и уљаних боја са неколико четкица, лежало је у широкој пластичној кутији. Једна слика покривена бијелом плахтом била је наслоњена на даску.

Мали троножац умазан бојама, чекао је власника коме ће помоћи да се одмара посматрајући своја сликарска остварења. Рада осјети знатижељу да погледа рад који је био прекривен платном, кад зачу кораке испред колибице.

Окрену се брзо, те се нађе лицем у лице са шармантним човјеком умјетничког изгледа. Пас који га је пратио неблагонаклоно је режао, и тек након газдиног заповједничког тона заћута. Поцрвени нагло, и замуцкујући покуша објаснити како су се нашле овдје и због чега су стигле.

Воји тај неочекиван сусрет као да није био изненађење и нелагода. Дубоко у себи је знао да ће се кад-тад десити.

Широко се осмјехујући, пружи руку жени испред себе, и меким стиском своје руке отклони сву њену нелагоду.

— Па, добро дошли — расположено проговори и показа руком око себе. — Није баш неки комфор да бисмо могли сести — грлено се насмија, а његов звонки смијех отопи сву напетост Радиног тијела.

Тај Војин гест умири пса, те поче њушкати жену која је стајала испред његовог вољеног газде. Угледавши потом Сару, необуздано поче лајати, гласно одајући радост због поновног сусрета. Дјевојчица се безбрижно кикотала дочекујући руком његову влажну, меку њушкицу док је скакао око ње.

Пријатељство је очито било на помолу.

— Извините, заиста, због нашег упада у Ваш простор, али сам имала жељу да Вас упознам и захвалим се што сте неки дан спасили моју дјевојчицу. Никога нажалост, нисам успјела пронаћи осим Вас. Момци из обезбјеђења су отишли кућама, а шеф је тренутно на другом терену. Не знате колико сам вам свима захвална — заврши објашњење, док јој се у гласу назирало узнемирење при подсјећању на онај немили догађај.

— Немојте се извињавати — пријатним тоном је увјери колико му је задовољство да поново види Сару и упозна њену мајку. — Млада дамо, да се напокон видимо у много другачијим околностима — топло проговори усмјеравајући поглед ка Сари. — Добро ми дошла — сдрачно пружи длан да се рукују. У његовим очима била је приметна топлина, и неки посебан израз који ни Ради није промакао.

— Хвала Вам — стидљиво проговори дјевојчица пружајући своју дјечју, витку руку.

— Па, искрено не знам којој звезди да захвалим на вашој посети. Веома сте ме обрадовале.

— Ми, ми морамо да Вам се извинимо — замуцкивала је дјевојчица, постиђена и узбуђена због поновног сусрета са човјеком који је на њу оставио нејасан, али посве пријатан утисак.

— Извињавању нема места, уверавам вас обе. Нећемо о томе. Како видите ово није мој дом, да можемо да седнемо и испричамо се, већ тек један мали скривени кутак за бег од свакодневице. Овде стварам и бележим на платну осећања и жеље мојих модела — показа руком на разапето платно и лик неке младе дјевојке, који се смијешио са њега.

Рада задивљено прокоментариса како је дјевојка као жива, и да све одише необичном живошћу и љепотом.

— Мора да Вам је потребно много унутрашњег мира и инспирације, да бисте једно сликарско дјело довели до савршенства? — закључи Рада посматарајући лик дјевојке, који се љупко и живахно смијешио са бијелог, квадратног платна.

— Нема ту неке велике инспирације, искрено. Ретки су модели који те толико заокупе и инспиришу — рече Воја. — Све је више ствар личног израза и импресије којом доживимо неку особу, и каквим је очима ми сагледамо. Често ни сами модели који желе свој портрет, не знају да поседују те неке особине и дубоку лепоту какву ми уметници проналазимо у њима. Знате — рече завршавајући образлагање — врло мали број људи је уистину будан. Толико блага је закопано у људима, да је управо то трагање и откривање њихове суштине, чар овог заната.

Обје га погледаше са изразом лица који је указивао на некс ново виђење сликарства.

— Искрено, нисам о сликању размишљала баш на тај начин — рече Рада, посматрајући дражесан лик, уоквирен густом коврцавом косом, који се смијешио са платна.

— Да, заправо је тужно колико су људи само блед одраз самих себе. Као мртва слика коју тек ми сликари на платну оживљавамо. Иза склопљених очних капака полусвесних лица која сањају и прижељкују да им се десе лепе животне промене, налазе се управо дубоко закопане недовршене слике правог уметничког сликарског дела! Једна галерија, и читав колаж различитих призора скупљених у један сноп, чине и обухватају савршену слику, ремек-дело есенцијалне лепоте. Тужно је то што они сами то не осећају и не виде. Траже лични одраз на платну, наместо да га пронађу дубоко закопаног у себи. Зато ми служимо овде у овој мисији званој путовање... Да спојимо власника и његову суштину, која тек при том сусрету оживљава и Васкрсава читавог човека у целости. Извлачимо замршену дугу у коју су они сами себе тек привидно склонили, и растерујемо сиве облаке иза којих се једна по једна боја радосно лелуја и наслућује. Ту угашену духовну алхемију треба пробудити. Са некима то иде лако, са некима теже, а код неких се то никада не пробуди. Они оду кућама носећи у рукама личне портрете, више или мање задовољни, не загледавши се у оживљен лик пред собом.

Погледа јасно Радине тамне очи, те нагло заћута и због нечег склони поглед.

— Предлажем лагану шетњу плажом и освежење након тога, како бисмо се боље упознали и испричали. Слажете ли се? — упита их са изразом неког лаког узбуђења, које је ипак одавало неко дубље осјећање од пуке пристојности.

— Јупи! — зачу се раздраган глас дјевојчице која је све вријеме стајала уз мајку и помно мотрила час њу, час човјека према коме је осјетила наклоност.

Рада изненађено погледа кћер и насмија се њеном једноставном усклику радости.

Сва нелагода и суздржаност и њу прођоше.

— Слажем се — расположено одговори, и све троје изађоше из колибице на топао, сунчан дан. Воја затвори врата и окрену кључ. Зачуше се крици галебова, који као да су проносили глас о љепоти и једноставности, којом је скројен читав живот сваког Божјег бића.

Повјетарац помилова Радине образе, док тренутак неслућене промјене дотаче њено срце. Лагано, ногу пред ногу, боси кренуше до воде, држећи обућу у рукама. Тако задовољна, Рада осјети милину какву већ дуго није осјетила и која се разли цијелим њеним бићем. Иза њих двоје, попут раздраганог јагњета скакукатала је Сара, успут се сагињући и пребирајући по длану одвојене шкољке. У стопу их је пратио нови псећи пријатељ, дугих ушију, које су смијешно поскакивале око његове главе.

XIX

— Баш је пријатан овај хотел, нисам раније обратила пажњу на овако угодну унутрашњост — гласно прокоментариса Рада, ушавши са Војом и Саром у пространо предворје хотела. Барон је остао да лежи испред хотела, заклоњен у сјенци велике тенде. — Овдје Ви одсједате? — упита Рада.

— Да, овде одседам сваке године и презадовољан сам. Предност једног те истог хотела је то што немам нелагоду при уласку у непознату собу, већ управо супротно, осећај да сам код куће. У низу година колико сам у Мељинама и искључиво овом хотелу, нисам имао нити једну неугодност. Јавим телефоном пар дана раније када стижем, и они ми припреме собу која је у сезони резервисана само за мене. Прозрачна и осветљена, угодна и само моја — рече задовољно се смијешећи.

— Не волите промјене или због неког другог разлога одабирате увијек исти амбијент? — заинтересовано упита Рада, ослоњена рукама о сто.

Нешто у њеном погледу, нека посебна радозналост, натјера Воју да је пажљиво погледа.

— Заправо, ми уметници нисмо толико досадни и немаштовити — насмија се својој опасци — али ово је мој устаљен простор. Скоро сви ме познају, и ја познајем скоро свакога. Да само знате госпођо, колико сам испратио сезонских радника, а они мене опет идуће године дочекали, и колико сам младих пријатеља овдје стекао. Мали број одабраних је долазио код мене у колибицу, па сам уз вино и гитару пролазио кроз њихове љубавне растанке. Било је ту и суза и неких помирења. Чак сам имао задовољство да слушам и гледам дуже или краће скечеве, глуму, па и позоришне представе. Знате, Ваша... — ту нагло заћута.

Након краће паузе настави:

— Распричао сам се, опростите. Испадам неуљудан. Позвао сам Вас да се испричамо, а све време само ја говорим. Волео бих да ми кажете нешто о себи — погледа упадљиво у саговорницу преко пута, и са неком пригушеном бригом која Ради није промакла, накратко утону у ћутњу.

— Колико то година уназад долазите овдје? — на питање одговори питањем Рада, избјегавајући да прича о себи.

— Мислим дуже од двадесет година — одговори Воја, махнувши руком конобару да приђе њиховом столу.

Раду на тренутак обузе осјећај врелине, и захвално погледа младића који им је прилазио. Осјећала је да ће баш данас, на овом мјесту осјетити поновно спајање са важним дијелом своје прошлости.

— Шта бисте да попијете? — Воја се расположеног и озареног лица обрати њима двјема, гледајући у Сару. — Теби бих, млада дамо, предложио воћни коктел са ананасом. То мораш пробати јер је, рекао бих, нешто што се не сме пропустити.

Сара га стидљиво погледа, скренувши поглед на мајку, тражећи одобрење од ње.

— Немој, љубави, мене гледати. Узми шта ти се пије. Пробај тај коктел, сигурна сам да је добар избор — насмијеши се гледајући у Воју, док јој се на образима указаже двије јамице. — Ја бих такође, пробала тај воћни коктел — рече момку који је с блоком и оловком стајао, биљежећи наруџбу.

— Хоћете ли неки аперитив — упита је Воја љубазно.

— Не, ријетко кад попијем љуто пиће. Понекад вино, али ријетко, и у неким посебним приликама.

— Добро, онда донеси дамама воћни коктел, а мени знаш већ. Уобичајено моје уживање — широко се осмјехнувши подиже поглед ка младићу.

— Значи за Вас кафу и коњак — закључи момак, очито добро познајући навике њиховог драгог и сталног госта.

Воја климну главом, осмјехујући се симпатичном младом човјеку.

— И, опрости! — изненадно позва младића који се упутио ка бару. — Касније ћеш нам донети јеловник, време ће бити и за неки укусан оброк — озарено рече гледајући у Раду.

— То не долази у обзир, господине Војо. Нисмо гладне, а сем тога ишле бисмо на плажу. Жељела сам да Вам се захвалим и упознам, то је све.

— Учинићете ми задовољство, макар за толико. Немам прилику често да седим у друштву оваквих дама. Немојте ме одбити, море ће вас сачекати и данас на подне, и сваки дан — молећиво је погледа и Рада осјети да није тек случајно позвана на пиће са Саром.

Колико је жељела да одбије љубазан позив за ручак, толико се у њој накупио неки необјашњив немир, који се није могао поредити са непријатношћу, већ више са осјећајем неког наговјештаја обзнањивања неке тајне, која ће је дубоко потрести.

— Ако баш толико инсистирате — замишљена полако проговори — али, молим Вас, да ја платим ручак.

Срдачан и звонки Војин смијех на тренутак је посрами.

— Ви да платите ручак!? Па молим Вас, ја се посебним срећником сматрам што сам вас срео, а ручак је тек једна мала радост коју желим данас да поделим са вама. Можда ћемо се дотаћи и неких занимљивих тема — тајанствено и тише додаде Воја — чудни су путеви Божји, што би народ рекао.

Та посљедња реченица јој није промакла, те изненађено подиже поглед, управивши га право ка њему.

— Како то мислите? — опрезно упита, не могавши да разумије унутрашњи трептај дамара, који је сваки час наговјештавао неко важно откриће.

Као да је очекивао овакво питање, Воја безбрижно подиже рамена и спремно рече:

— Ништа посебно не мислим том изјавом. Зар нам живот не објашњава сваки дан његову непредвидивост и лепоту?

— Заправо, тако је — упадљиво га погледа, ипак незадовољна објашњењем.

Осјећала је да је овај човјек преко пута ње она добра вијест, да је са разлогом ту гдје јесте, и да су заиста не само чудни, већ и непредвидиви путеви Божји.

XX

— Прихватите се ручка — са слашћу и нестрпљењем срдачно предложи Воја, већ режући сочне котлете у умаку од печурака. — Видећете да бољих кувара у целим Мељинама нема, од ових врсних зналаца доброг залогаја.

Сара се одлучила за медаљоне. Пажљиво је сјекла крупну парчад на ситније комадиће, са очигледним задовољством на лицу.

Рада је поручила телећу чорбу, и док је хладила врелу течност, кришом је посматрала препланулo и врло шармантно лице мушкарца преко пута ње. Мисли и питања су јој се ројила у глави, те чврсто одлучи да ће га јасно питати оно што је мучи чим заврше са ручком.

Бришући уста платненом салветом на којој се оцртавао грб хотела, подиже главу и директно га упита:

— Који је прави разлог, господине Војо, што сте нас током шетње позвали на ручак? Рекла бих да није у питању само Ваш уљудан однос према Сари и мени. Варам ли се или има нешто што би требало да знамо?

Воја се отпијајући црно вино из далеке бербе '89. видно изненади, али се брзо прибра и осмјехну, док му лице на тренутак поприми готово дјечачки лик.

— Не знам шта тачно желите да знате, госпођо Радо? Ви сте мене потражили. А ја сам се, врло задовољан што поново видим Вашу девојчицу, одлучио прошетати са Вама и упознати Вас. Срећан сам заправо, што је Сара добро. Једноставно је.

— Да, заиста сам Вам захвална много. Опростите ако сам грубо звучала. Нисам имала намјеру — одговори са мало нелагоде.

И она је полако испијала своје пиће, док се на њеном лицу видјело да је заокупљена мислима. Сара је завршавала ручак и пажљиво слушала разговор мајке и човјека према коме је осјећала неку врсту симпатије.

— Све је у реду, уверавам Вас да се немате зашто извињавати. Свестан сам да имате неке недоумице, и спреман сам одговорити на њих. Питајте све што Вас занима — пријатељским и врло угодним тоном јој се обрати Воја, тако да Рада осјети како је попушта нервоза.

— Заправо сам жељела да Вас упитам неке детаље које ми је Сара успут открила. Сем тога, и сама сам видјела чамац, и назив „Сантјаго” ме је некако узнемирио... Ви сте и сликар и сва та сазнања су узбуркала моје мисли, дотичући се неког ранијег времена и мог боравка овдје. Можда сам само умислила — одсутно одговори и усмјери поглед кроз велико стакло, иза кога се јасно видјела уредна хотелска стаза и низ палми.

Наново је обузеше давне успомене, и примјетна нелагода обоји њене тамне очи, чинећи их још дубљим и тамнијим.

— Па, рећи ћу Вам оно што наслућујете и желите знати. Занима Вас да ли је тај чамац део Ваше прошлости, и да ли сам ја тај сликар са којим су се дружиле Ваше прекрасне кћерке? Нисам ли у праву?

На ту изјаву, директну и без трунке инсинуације, Сари из руке испаде кашичица којом је узимала парче сладоледа. Посластица се брзо топила на стољњаку и остављала тамнобраон флеку боје чоколадне кугле.

Кратка, напета тишина чинила се као вјечност.

Рада је ка њему управила поглед, тужан и врео од накупљених суза, које су у млазу потекле. Обновљена бол изазвана узбуђењем и успоменама, јасно се видјела на њеном лијепом лицу, које је наједном попримило мучан израз.

— Боже благи — потресено промуца. — О Вама су причале њих двије. Вас су помињале. Свјетлана је усхићена долазила препричавајући како сте им цитирали Шекспира и правили мини-позориште. Одлучиле су се за Ваше часове сликања, мада ја нисам била за то. Једноставно ми је било непријатно да некога узнемиравају, а нисам се стигла упознати са Вама. Сваки пут су кретале са друштвом од неколико момака и дјевојака, и то ми је уливало повјерење да сте потпуно у реду, а са друге стране ми је стварало нелагоду да кренем са њима. Нисам се уклапала у ту младу генерацију — рече и лице јој се наједном преобрази и смекша, захваљујући успоменама које су изрониле из њеног сјећања. — Знајући да је Свјетлана врло озбиљна и промућурна, и слушајући Андреино препричавање вашег заједничког дружења, понекад уз гитару, а понекад уз глуму — настављала је неки лични монолог — била сам врло задовољна што су успјеле употпунити своје вријеме на мору. То сте дакле Ви, Војо... — наново је понављала видно дирнута сазнањем да се један дио њих двије вратио тако ненадано.

Пажљивим, готово побожним покретом руке, исправљала је наборе стољњака, да се на тренутак чинило да у мислима додирује њихова лица.

Мир завлада међу њима трома, те се могло чути шуштање униформе ужурбаних конобара, који су пролазили покрај њиховог стола, носећи послужавнике са храном. Начас се чинило да је међу њима лебдио дах свјежине давног времена.

Воја је намјесто одговора пружио руку преко стола, и на тренутак положио свој длан преко Радине дрхтаве руке. Био је то пријатељски гест човјека, који је дубоко схватио драму у души ове несрећне жене.

Сара, ништа мање узбуђена, непомично је проматрала час мајку, час човјека који је на чудан и близак начин повезао њене сестрице и њу. Било јој је јасно зашто се осјећала тако посебно и пријатно, у друштву овог човјека. Он је на неки начин био дио њих. Био је њихов. Био је њен, ништа мање него њених сестара.

Брзе и дивне мисли пролетале су њеном главицом попут драгоцјених птица.

Готово једнако потресен, промуклим гласом је проговорио:

— Толико ми је жао што нисам имао прилику да чујем оно што су припремиле, и да им као и увек дам подршку, или креативну поуку. Биле су заиста посебне девојчице, готово деца. Сећам се Андрее и њеног веселог осмеха, којим је чини ми се, отапала мрзовољу и код најмрзовољнијег човека. Била је тако безазлена и љубазна, заправо рекао бих, посебно лепо васпитана. Дражесна и љупка. Увек се смејала и помно пратила сестру којој се дивила. Свјетлану памтим као сушту различитост. Одмерена, аналитична, озбиљна и врло, врло мудра, а ипак само дете, врло осетљиво и рањиво. Писала је тако дивну поезију коју је овде рецитовала, на импровизованом подијуму. То је то посебно друштво о коме сам Вам јутрос говорио. То су ти млади људи, који су мене обнављали и толико радовали. Какве смо ми све овде приредбе приређивали, и вечери уз гитару и чежњиве баладе — рече Воја, и уздах налик плачу изрони из груди овог ријетко доброг човјека.

Не скривајући сузе, и не стидећи се отворених осјећања, готово шапатом је приповиједао о младости, која је тако изненадно отишла.

— А онда сам следеће лето узалуд чекао да се појаве. Њихово старо друштво, углавном млади становници Мељина, који су их и упознали са мном, такође су чекали то прво лето у коме се нису појавиле. Па, још једно и још једно... Набројао сам девет лета у којима нисам видео те девојчице, а морао сам... Оне су јасно рекле да долазе идуће године, као и сваког лета. Било ми је чудно што их нема. Испрва сам помислио да сте променили боравиште, можда су вам Мељине досадиле, али ипак сам дубоко у себи предосећао да то није разлог. Због те побуне у мени, долазио сам сваке године, у нади да ћу их опет видети. Цело њихово друштво је остајало разочарано, након што би време у које сте летовали дошло и прошло, без њихових веселих прилика. А онда сам једне вечери у свом дому, уз чашу вина, ни сам не знајући зашто, остао уз канал Н1БХ. Уводна шпица ми је, опет кажем, ко зна због чега, задржала пажњу. Водитељка Емела Бурџовић је врло саосећајно и пажљиво најавила тему емисије. Нешто у појави те лепе жене, и у њеном гласу ме је узнемирило, уз предосећање да ћу добити дуго очекивану вест, на начин којим ћу нешто важно сазнати. Као да је емисија прављена посебно за мене, потмули предосећај приковао ме читавог за фотељу. Најава о страдалим девојчицама Свјетлани и Андреи, о којима ће причати њихова мајка Рада, попут разорне бомбе, дубоко је потресла читаво моје биће. Као да ме је копље проболо у грудни кош и остало тако забодено, а сваки покрет вређа и боли. Нисам смео да поверујем да су то њих две. Зурио сам у екран као да гледам неки надреалан призор, нестваран, потресно шаљив. Када су приказане њихове слике, осетио сам дубоку провалију. Не стидим се рећи да сам јецао, како никад ни за ким нисам заплакао. Готово сам јечао наглас за њиховом лепом младошћу, а када сам чуо да је са њима истог дана отишла и још једна млада особа, Јелена од свега двадесет и шест година, сломио сам се. Као да сам у бунилу неком био, а Вас сам посматрао попут привиђења. Жена у црнини, у личној дубокој жалости са толико снаге и мира у себи. Опчинила ме та Ваша смиреност, та ведрина упркос толикој трагедији. Помислио сам у себи: „Шта носи ову жену? Шта ју је тако оснажило, да се није саплела о личну тугу?" Дивио сам Вам се. За кратко време ми је све постало јасно, кад је она чаробна водитељка најавила Сару, коју сте добили након одласка њих две. Са коликом добротом и милином је одслушала девојчицу, која је читала песме својих сестара, да сам се и смејао и плакао. Знате као кад добијете утеху након великог губитка, па се кроз сузе радосни смејете животу, који је ипак остао колико-толико поштен у деоби карата, некоме намењених непоштено и охоло, без могућности исправке...

Туга помијешана са миром обузе његово лице и топло погледа у Сару, низ чије лице су капале топле сузе. Обујми њену дјечју главицу плачући, усхићен и дирнут необјашњивом ћуди људских судбина.

За столом је лебдјела нека чудна утјеха попут свјежине, настале након кише која се сручила из тешких оловних облака, доносећи дуго жељено олакшање у ваздуху.

Из даљине се зачуше звона са црквице, и као да покрише тежину људских уздаха самоће и бола, који попут окопњелог снијега заувијек одлази сливајући се низ стрму планину.

— Знате госпођо Радо, осећао сам, тако сам јасно осећао да ће нас живот спојити — замишљено проговори Воја након ћутње. — Да, нисам престајао долазити и једнако веровати у наш сусрет. Када сам видео вас две, онај дан испред агенције, доживео сам радост какву дуго нисам осетио. Питао сам се како вам прићи, и шта рећи да не будем погрешно схваћен. А онда је случај са Саром сва моја страховања око нашег упознавања развејао и ево нас данас овде, сигуран сам, у друштву и њих две. Не рекох ли да су Божји путеви чудесни.

— Прије бих рекла, драги пријатељу, да су Божји путеви непредвидиви — примијети Рада, док су јој се на лицу оцртавали видан умор и потресеност. — Нисам кадра да се покренем — клонуло рече, покушавајући да устане од стола. — Ноге као да су ми краће за читава стопала. Да ли сам преслободна ако Вас замолим да нас отпратите до наше собе? Бићу Вам веома захвална.

— Наравно, разумем Ваша осећања. Мало шта се сада може исправно разлучити, али сам сигуран да је ово битан и веома важан сусрет, како за вас две, тако и за мене. Отпратићу Вас до хотелске собе и пожелети мир у срцу. Знате, тумарамо овом долином плача са већим или мањим ударцима, које нам немилосрдни живот шаље, али у том преплитању суза и смеха, једина утеха нам је та да никада не знамо какво добро нам следећи дан носи...

XXI

Преко неба, попут дугачке змије која се вијуга, авион је полако остављао танак бијели траг, који се убрзо губио. Сунце је већ у праменовима увелико крочило у собу, и Раду пробуди присуство топлоте.

Усправивши се у кревету, угледа Сарине дуге и витке ноге наслоњене на зид терасе, док је заваљена у „љуљашка столици" испијала сок, загледана у прелијеп призор плаже који је нудила њихова соба, смјештена у најљепшем дијелу хотела. Помисли, колико је порасла овог љета. Дуга, тамносмеђа коса пресијавала се на сунцу, добијајући неки бакарни одсјај. Бронзана боја тијела чинила ју је још виткијом, и Раду обузе слатка милина гледајући је тако спокојну и безбрижну. Ко зна колико би тако уживала у призору свог дјетета, да дјевојчица није осјетила поглед на себи и нагло се окренула.

Осмјехну се мајци, и хитро устаде са столице журећи да је загрли.

— Пробудила си се, мајко — умилно рече обавијајући јој руке око врата.

Раду обузе разњеженост и мило узврати осмијех свом дјетету.

— Јесам, љубави. Не знам ни колико је сати, али сам тако одморна. Ниси жељела да ме будиш?

— Нисам мајко, знам колико су ријетки тренуци када тако можеш да одмориш. Радујем се што си коначно осјетила да си се одморила — рече дјевојчица, сва озарена због мајчиног доброг расположења.

— Хоћемо ли на доручак? — погледа је пуна љубави.

— Доручак је завршен одавно. Десет сати је, мама. Ја сам била на доручку и теби спаковала шунку, хљеб и качкаваљ. Да ти припремим док се вратиш из тоалета?

— Колико је красно имати тако дивну и велику кћерку — захвално је погледа и пољуби у косу. — Да знаш да сам баш гладна. Једем, па идемо на плажу, важи?

— Важи, мама — помало потиштено одговори Сара. Мајци тај тон њеног дјетета није промакао и изненађено је погледа.

— Шта није у реду, злато? До овог тренутка си изгледала задовољна, шта те мучи?

Слегнувши раменима Сара погледа у мајку.

— Немам више змаја. Толико сам тужна што га је вјетар сломио. Баш кад сам научила да њиме управљам и научила лекцију о вјетру, немам више чим да рукујем.

— Ако продавац буде опет пролазио, купићемо. Немој да тугујеш. Мени је тај змај скратио бар пет година живота. Некако сам и мирнија што га немаш. Напокон, купај се и сунчај још мало, кад одемо кући недостајаће ти море — загрли Сару и упути се ка купатилу. Дан је постајао веома врео.

Завршавајући доручак, Рада погледа у кћерку и рече јој своју недоумицу:

— Већ је једанаест сати. Не знам колико нам је уопште паметно, сада по највећој врућини, ићи на плажу. Свакако су сва најбоља мјеста попуњена и вјероватно нема ниједне лежаљке ни сунцобрана. Шта ти предлажеш?

— Ни мени се не излази из собе по оволикој врућини, ја бих да читам књигу — одврати Сара смијешећи се мајци.

— Онда смо се договориле. Упали еркондишн, навуци те засторе и лези. Данас је дан за љенчарење! — ускликну. — Наставићу са читањем започетог романа, а ти заврши *Улицу дивљих кестенова*, па ћемо подијелити утиске, ако се слажеш? — ведрина обузе Раду и задовољан осмијех обасја њено лице.

— Једва чекам — дјевојчица дохвати књигу и читавим тијелом се баци на кревет. — Ово ми је најљепши дан. Не волим обавезе — засмија се, сјетивши се како јој те ријечи баш мајка упућује, када је прекорава ако нешто не уради по договору.

Благ повјетарац, пун мириса зеленила и борових сокова, продирао је у собу док је затварала прозор и навлачила застор. Толико јој је био потребан овај мир. Мисли које су ковитлале по глави, од јуче се нису смириле. Присјети се давног љета са Свјетланом и Андреом, и њиховог задовољства када су се враћале са часова сликања. Дубоко у њој је неки нејасан предосјећај наговјештавао много тога у будућим данима, иако није могла да претпостави шта је то.

Одлучила је да поново потражи Воју и замоли га да јој исприча шта су разговарали, и којих тема су се дотицали.

Осјетила је као да је изненада упознала блиског рођака о коме ништа раније није знала. Наслућивала је да је баш Воја врло значајан и да ће моћи причати о њима. То ју је толико чинило и радосном и тужном. Живот је заиста непредвидив у свом току. Неслућене догађаје и неслућена открића доноси...

У остатку дана који су до поласка у собу провеле на плажи, Раду није напуштала жеља да потражи Воју и разговара са њим о својим анђелима. Уздахну и одлучи да буде стрпљива. Свакако су се договорили да сутра дође по Сару за први час.

— Спремна? — ведро упита Воја прилазећи Сари, која је на плажи нестрпљиво чекала да дође по њу. Уз Војине ноге, задихан од врућине, дахтао је Барон.

— И те како! — рече љупка дјевојчица, сјајних очију, раздрагано и нестрпљиво поцупкујући у мјесту. На лицу јој се огледало дјечје усхићење и повјерење према човјеку, који је на чудан начин био везан за њене сестрице и њу саму. Рада их испрати погледом и спусти се на лежаљку.

Након толико заједничких љетовања са Свјетланом и Андреом, потом ове године и са Саром, обузе је осјећање недовршености, јаче него свих ових дана док се боравећи у Мељинама, повремено присјећала разних догађаја, који су обиљежили све некадашње одморе са својим двјема настрадалим кћеркама. Мучила ју је помисао да се нека пригушена, црна празнина дубоко у њој скрила и распалила, и да ће је пећи док год живи. Усамљеност и бол били су снажно присутни, упркос толиким годинама које су минуле након оног дана. Помисли како се инсан само научи живјети са тим, као што се сакат научи живјети без дијела тијела, али га јасно осјећа и боли га то мјесто на коме је некада био потпун и цјеловит екстремитет, чији недостатак га је обиљежио за цијели живот.

Намјести лежаљку у полулежећи положај и исправи набор пешкира. Отварајући термос боцу са кафом, прекорјевала је себе због тог неспокоја, који ју је обузео због осјећаја изненадне усамљености.

„Како ћеш кад Сара стаса и оде својим путем, можда се уда и одсели на неки други континент, кад једно прије подне ниси у стању остати мало сама. Не буди слабић”, наруга се сама себи и снага духа јој се наново врати. Преко усана јој пређе готово гласан смијех због малопређашњег Војиног израза лица, када је угледао све оне сендвиче и сокове које им је припремила за данашњи, први дан школе сликања.

— Зар сву ову храну да носимо, госпођо Радо? — згрануто је гледао у ранац величине скоро мање путне торбе, када је дошао по Сару.

Потом се разлио тако јасан и милозвучан смијех мушкарца, када је уочио збуњеност на њеном лицу. Био му је врло занимљив Радин упитнички израз лица, који га подсјети на истовјетну гримасу дјеце која не знају шта су погријешила. Стишавајући смијех, након кратког времена објасни:

— Ми не мислимо ићи на камповање да бисмо нашли призор који ћемо насликати, нити само јести — шаљивим тоном објасни малопређашњи смијех, који је оставио у ваздуху неку јасну и пријатну блискост међу њима трома...

Рада осјети како је краткотрајно оптерећење душе напушта. Обузеше је мир и опуштеност због Саре и неочекиваног сусрета са човјеком, који је чинио, и наново чини задовољство и радост њеној дјеци.

Цијели живот није ништа до брза ријека која тече у јасном правцу не реметећи свој ток.

Бистра, некад плаховита и врло ћудљива, успјенушана и замућена, ако су дуге и упорне кише, али и обојена додирима топле свјетлости сунца, која на само природи знан начин извуче дугину влат боја, и протка је кроз воду дајући јој још очигледнију љепоту, као да је сафир однекуд залутао па се утиснуо у само дно. Ни прохујали вијекови, нити страшне непогоде, нити оштро камење преко кога у свом спокојном току прелази, не могу је узнемирити, нити збунити да обрне свој ток и крене супротно од свог извором одређеног пута. Свака ријека мирно и неспутано тече у непромјењљивом правцу, назначавајући хуком колико је усклађена са природом и њеним законима. Када би се човјек само понекад угледао на њену постојаност, и упркос животним искушењима и препрекама наставио свој ток ка самом ушћу, ништа не би могло да га сломи. Ни туге, ни муке, ни превелике радости, ни неочекивани ударци. Ишао би недјељив и несаломив кроз животни атријум, знајући да је све Божански склад. Без обзира на успутна дешавања, све је Божји план у космичкој људској пролазности.

Не ваља се батргати и копрцати из тих вирова животне ријеке. Треба се препустити низводно, куда она сама бира пут, те тако увијек изнесе на обалу онога ко јој се не противи.

Ако пак, у муци или варци да ће савладати њену ћуд, крене да се отима и плива у супротном правцу, биће повучен на дно и прогутан. Такав је живот и његови закони. Баш као ријека.

Озарена неочекиваним миром, насу себи шољицу кафе и пажљиво извуче из целофана умотан кроасан.

Лијепо је ослушнути и неки другачији пулс дамара, од навикнутих. Зато и јесте живот лијеп, јер је шаролик и саткан од свих могућих боја.

Опустила је рамена и задовољно се намјестила у лежаљци, уживајући у залогајима хране и гутљајима кафе док је посматрала вреву на плажи и дјецу која су шљапкала ручицама по води. Обично није запажала оволики свијет, помисли. То је стога што се увијек усредсриједи само на Сару. Могуће је да много лијепих тренутака успут пропушта, закључи мешкољећи се у свом пријатном миру.

Уживајући у жамору дјеце и равномјерном ваљушкању воде, док помало спира и вуче пијесак са собом, два мушка гласа која су очито водила неку дебату привукоше јој пажњу. Сама чињеница да је близу њихових лежаљки је утицала да слуша њихов разговор, а не нека неуљудна радозналост за прислушкивањем туђег разговора.

— Лако је нама, још увек нам је лако без обзира на то што тугујемо. Ми смо овде и још имамо времена и прилику волети, уживати, плакати, сањати, надати се, отимати очају. А они? Наши драги и покојни? Они немају више ниједну могућност нити избор, који зависи о њиховој вољи и слободи. Њима је дошло на кантар све прошло и заслужено! Па ком опанци — ком обојци, драги мој. Праведни Судија испред њих и себе има прегршт дела. И добрих и лоших. Која ће превагнути, то нико не зна. Не зна ни она душа која дрхти, и јасно сада види све колико је могла боље и лепше у животу. Претешка је та неизвесност, шта ће превагнути и куда мучна душа одлази — настављао је гласно размишљање један од мушкарца.

Рече то, па кратко заћута, загледан у морску пучину, а лице му поприми наједном озбиљан израз. Из тог излагања прекину га дубок и једак глас мушкарца поред њега.

— Е, пријатељу, где ти оде!?

Саговорник се прену и изненађено га погледа као да се буди из неког сна, несвјестан питања.

Мушкарац је јетко настављао гласно размишљање.

— Где ти оде у разговору? Какав Бог, кумим те, брате? Па, Бог да постоји не би немо гледао све ове јаде у овој напаћеној долини. Не би допуштао сиромаштво, људске патње, рат, погибије, страдања. Не би онолика деца била убијана од разних мучитеља и убица. Не би допуштао да умиру бебе и пре него што су окусиле живот. А мајке које су дјецу сахраниле! Шта мислиш ти, има ли ту имало љубави, ако Бога има? Има ли? Што допушта зле и убице да се множе, а добре да товар земље затрпа!? Мани ме, пријатељу, тог твог Бога — у једном тренутку оштро рече и повиси тон, као на неког неразумног занесењака који штету чини својим размишљањем.

Раду дубоко узбуди овај дијалог и ослони се на лактове, напрегнуто очекујући развој дискусије. Питала се да ли се ту разоговор завршава или ће се наставити.

Ћутња која је неко вријеме настала међу њима двојицом изгледала је као коначан закључак.

— А чујеш ли ти себе, пријатељу мој! — благо, али некако прекорно га упита човјек који се одједном прену и разбуди у жару жеље да му пребаци за такво багателисање праведне љубави, као што је Божја. — Какве везе са свим тим што ме питаш има Бог? Хајде реци ми онако поштено, какве везе Бог има са ратом? Бог је дошао на земљу да остави мир и љубав. „Мир и љубав остављам вам, мир свој дајем вам ” Дао нам је разум, то чак нема ниједно живо биће, већ само човек. А ми, шта смо урадили са тим разумом, шта!? Је л' Бог посејао зло или човек? Је л' Бог послао неког у смрт, или је човек имао лични избор? Да ли је Бог рекао пијаницама да возе брзо и изгину на путу, да ли је Бог некоме у уста ћушнуо цигарету или забио иглу у вену, да ли је Бог рекао некоме да криво сведочи на рођеног брата да би га стрпао у затвор и докопао се његовог имања? Да ли је Бог устао на мржњу, или је човек сам тако хтео?

Погледа пажљиво у човјека стиснутих усана у коме се будила нека стара бол.

— Вјерујеш ли ти да Бог постоји?

Човек до њега, као да је жаром опечен, нагло се трже и осорно одбруси.

— Какав Бог! Фино ти кажем, да постоји, зар би толико зло допуштао? — погледа незадовољно и са чуђењем у саговорника, гледајући га упорно, као неразумно дијете коме коначно објашњава праву истину. У чуђењу што овај то не види, направи покрет главом и устима отпухну.

Наста ћутња у којој свако за себе пребираше по мислима.

Одједном Богобојажљиви човјек рече:

— Кажеш да Бог не постоји?

— Не постоји — одговори Богоборац.

— Па, како онда можеш оптужити некога за нешто, ако тај неко не постоји? Има ли ту неко разумно објашњење, пријатељу мој добри? Видиш, ја знам да Он постоји — благим и мирним тоном настави — и ништа Њега не кривим за све што нам се дешава. Човек, само човек је све то закувао, па сад кад му је чорба кисела, други му крив. Увек за неку своју муку оптужујемо друге, а никад себе.

Краткотрајна ћутња потраја, и таман кад је изгледало да је разговору крај, Раду прену гласан и тако презрив глас пун љутње и немоћи упућен сабесједнику.

— Је ли!? Кажеш да постоји Бог! Кажеш да постоји!? Па зашто је онда допустио да останем без кћерке јединице? Шта је она са три године могла да одлучи и скриви? Шта?! Пала је са степеница и на лицу места страдала. Није било наде да се спасе. Супруга је након тога полудела.

Да, буквално полудела. На психијатрији је. А ја? Кô суво дрво! Не знам куда ћу. Где ћу? Без њих сам ништа. Нико!

У једном тренутку је готово викао, па се наједном сломи, глас му задрхта као да ће заплакати. Његов тон и несрећно стање на тренутак привукоше пажњу још неколицине људи, који су били у близини и могли чути ту тугу у гласу.

— Зато ти кажем — прибраније настави — не говори ми о Богу. Да је праведан не би ми узео дете са само три године! И шта сад имам да одговарам на нека питања, или да ми се суди! Осуђен сам ја пријатељу, већ. Мени гори пакао не следује.

Сабесједник га погледа са много саосјећања и брижљивом, готово опрезном пажњом, тражио је праве ријечи да му се обрати, колебајући се на тренутак да ли да остави његов бол да прође сам с временом, да избљиједи, да се мало умањи. Ипак, са јасном снагом у гласу, не сумњајући у оно што мисли, тише проговори:

— Кад би само знао, пријатељу мој, како те добро разумем. Како схватам тај осећај изневерености и патње коју имаш у себи. Ту немоћ коју покушаваш објаснити, и због које си толико огорчен. Знам ја то, знам како је.

— Без љутње, Иване, без љутње — оштро се узбуни човјек на ријечи, које је саговорник управо изрекао. — Нико то не може знати. НИКО! Само ја.

— Мислиш ли да си само ти имао несрећу? Да си једино биће које је остало без неког свог?

Човјек га пун нестрпљења погледа и пресјече његово питање јасним и недвосмисленим противпитањем.

— Шта ме се тиче, пријатељу, било ко? Ја причам о себи. Изгубио сам ћеркицу од три године. Знаш ли како је била ситна и мала? Како је била лепа! Будим се у кошмару, осећајући њене трапаве ручице које се обавијају око мог врата и њен врућ дах на увету, кад се препушта да је на леђима носим и скачем по кући као кенгур, док је она обузета грленим, веселим смехом! Шта мене теши туђа бол? Моја бол и мука је за мене највећа. Нема веће муке од моје. Нема!

— Схватам те, али шта желим да ти кажем? Не смемо да се затворимо у лични бол. Не смемо. Око нас је много сличних или истоветних прича и сви погођени болом само једно траже. Траже, брате, да им неко каже да ће све некако успјети изгурати, траже да их неко утеши, да добију поруку наде. А како, ако огорчени ходамо около и ропћемо на злу судбину или Бога? Како да уопште осетиш нешто друго, ако те нико не занима, како?

Човјек коме је питање било упућено, не одговори ништа. Нервозно се поигравао каменчићима повремено их бацајући у плићак.

Тај, помало мучан дијалог заокупио је веома Радину пажњу и покренуо њене најдубље осјећаје.

Имала је потребу да се укључи у разговор, иако је знала да од ње нико не тражи мишљење.

Остала је замишљена поигравајући се сунчаним наочарама.

— Иване! — одједном ватрено проговори ојађен човјек. — Да сам само имао храбрости кад је моја Наташа страдала, а супруга сломљена болом завршила на психијатрији, убио бих се! Али, нисам. Знаш ли зашто!? Зато што сам бедна кукавица. Зато што ми се толико тога по глави мотало и што сам помислио да би то моју Ангелину још више сломило, ако уопште и допире до њене свести ишта. Као крпена лутка шета укруг са осталим пацијентима, гледа кроз мене празним погледом и понекад се осмехне. Питам се да ли ме препозна, или тек тако инстинктивно то чини. Већ неколико година је тамо, а ја сам обузет потребом да након посете њој одем у шуму и извриштим се, да јаучем на сав глас. Да питам тог Бога, кога ти толико спомињеш, шта је хтео од мене, шта сам му скривио! Ћути, само ћути и не помињи ми ништа више! Поштеди ме — резигнирано заврши разговор, очито дубоко љут и потресен.

У том тренутку понесена личним искуством и тако дубоким разумијевањем, на чуђење двојице мушкараца поред којих се у трену нашла, опрезно проговори:

— Молим вас да ми опростите, жељела бих да вам нешто кажем, ако ми допустите. Нисам имала намјеру слушати ваш разговор, али како видите, врло смо близу — па руком показа на своју лежаљку и настави — нехотице сам чула сав разговор између вас двојице.

Изненађен човјек је незадовољно погледа и мрзовољно упита:

— Не разумем, шта желите?

— Не желим ништа — полутихо одговори Рада гледајући човјека дубоко у очи. — Не желим ништа, сем да вам кажем да сам слушајући Вас, препознала тај монолог који сам дуго и сама водила у себи. Схватам Вас потпуно.

Ове неочекиване ријечи подршке од потпуно непознате жене га веома изненадише. Погледа је збуњено:

— Хвала, госпођо, мада не знам о каквом монологу говорите. Шта схватате?

— Схватам ваша осјећања. Знате, ја сам остала без моје двије кћерке. Напустиле су ме нагло и неприпремљену, као што свакоме таква несрећа дође непланирана, нежељена и изненада.

Јак бол у очима несрећног човјека и нека нејасна присност која се јавља код људи истих судбина додатно потресоше Раду, и човјек прошапта неколико ријечи које она не успје разумјети.

Сметено јој показа руком да сједне на лежаљку коју је ослободио за њу, а он сједе на пијесак, док на тренутак завлада кратка, упечатљива ћутња.

— Ја сам Рада — представи се она и поново кратко заћута.

— Добривоје — одговори човјек коме је кћеркица страдала.

— Ја сам Иван — рече други мушкарац, коме је већ чула име кроз њихов разговор.

— Знате, Добривоје — пажљиво и полако проговори Рада — када се то десило, када су ме напустиле моје кћерке, прво једна, па за њом након девет дана и друга, истовјетан понор и бол какав имате, осјетила сам и ја. Сви којима дијете умре то осјете, сигурна сам. Мислим да су сви други губици и смрти за нијансу блажи. А, када изгубите двоје или више дјеце, то је већ тако снажан бол, па мислите да га не можете преживјети. Чак и прижељкујете да вас притисне мрак, и да је свему крај. Али, готово никада није онако како ми желимо. Дан за даном је пролазио, и ти први мјесеци су за мене били тако тешки и болни, да је то заправо и немогуће описати. Готово је невјероватно да се такав горући бол може и преживјети — тронуло рече — али, знате то и сами. Јама! Дубока и мрачна провалија у човјеку. Као да ми је тај бол заправо изровио читаво срце, и направио шупљину кроз коју дува ужасна хладноћа и усамљеност. Ишла сам кроз дане потпуно несвјесна, и након извјесног времена једино што ме је освијестило јесте да сам још ту. Да сам некако савладала те прве мјесеце, и да само желим поново осјетити њих двије, да их желим грлити, ући у њихову собу и угледати их на кревету како леже потрбушке, док удубљене читају неку књигу или часопис. Топле, живе и здраве, а ја им носим филоване палачинке. Тих мјесеци сам само жељела да су ту, да им испуњавам жеље, да их понизно љубим у молби да никуда не иду... Самоћа, хладни зидови и неумољива тишина су ме давиле, давиле. И нико не може у тим животним околностима нама помоћи, нико нас не може утјешити, нико нам не може олакшати, сем нека сила која мора да је сила, док ти помогне да толику муку преживиш. Након тога — настави Рада дубоко уздахнувши, док су је два мушкарца гануто слушала — након тога, живот почне личити на истовјетан дугачак и непролазан дан.

Ваздух као да је уздрхтао и донио чудно олакшање Добривоју, а његовим очима пуним патње, смирај.

— Како, како сте превазишли све? Како сте се излечили? Како? — у узбуђењу је са олакшањем гледао у Радино лице, као да је у њему нашао спас.

— Ко каже да сам ишта превазишла? Ко каже да сам се излијечила? Нисам то ни рекла, нити се десило. Само сам научила да живим са том истином да их физички нема поред мене. Они који су пролазили кроз кућу у првим мјесецима, желећи да донесу утјеху супругу и мени, са много ријечи или изјавама „проћи ће" нису много помагали. Кад размислим, помогли су ми више људи који су ме без ријечи загрлили и нијемо ћутали. Заиста, шта се може рећи у тим тренуцима. Шта може утјешити родитеље: „Проћи ће", „Знам како ти је", „Бог промишља"... Како су ме тада пржили ти неспретни покушаји људи да пруже утјеху. Додатно су ме вријеђале и љутиле те ријечи. Како ће проћи? Како знаш како ми је, шта Бог промишља и зашто тако промишља — на лицу јој се опет појавила туга као тих првих дана, спусти глас и опрезно погледа Добривоја. — Не могу знати како је Вама, иако сам изгубила двоје дјеце, али Вам могу рећи како сам ја данас. Могу вам рећи како сам нашла трачак свјетлости, и којим путем сам ишла да бих данас била овдје.

Лице Добривоја је истовремено одавало напето ишчекивање и јасно олакшање, док је посматрао и слушао жену која се, такорећи ниоткуд, појавила и разумјела тугу, која му је већ толике године заклањала пут до искрене радости.

— Како? Како? — замуцао је у жељи да спозна још нечији пут, да се понада неком рецепту за бол срца којим би себе залијечио.

— Након четири године сам добила кћерку Сару — топло и значајно погледа у човјека који је видно показао разочарење.

Погнуо је главу и мукло рекао:

— Драго ми је да Вам је живот био тако наклоњен — па горко додаде — ја нисам имао такву срећу.

— То није била ствар среће, то је била храбра одлука. То је био одговор на наш губитак. Знате, вриједи кренути даље! Покушајте — бојажљиво као да би могла својим покретом покренути лавину снијега под дрхтањем тла, Рада дотаче његово раме и охрабрујуће климну главом.

Као да га је то дотукло, човјек се сломи и заплака гласно, болно и неутјешно.

Кроз искидане јецаје је понављао:

— Код вас је другачије. Код Вас је све другачије.

Након гласног плача, наста дуга ћутња. Свако је за себе пребирао дубоко по својим ранама и мучио се.

Најед ном Рада одлучно рече:

— Тако је. Код мене је другачије. Код вас је другачије. Код сваког је другачије. Губитак и бол су нам једино истовјетни. Али и још нешто...

— Шта? Шта! — као у неком ропцу проговори Добривоје, на тренутак одајући човјека који губи дах.

— Истовјетна нам је могућност! Могућност је јача од било ког губитка и страха. Та успавана снага, коју можемо покренути и издићи се са самога дна на постоља на којима стоје побједници. Ту Вашу могућност ја видим. Видите ли је и Ви?

Потпуно обамро човјек порече главом, а на лицу му се указа слабашан осмијех, попут тињајуће свјетлости која се пробија из згуснутих, сивих облака.

— Не трудите се да све прођете сами. Нећете далеко стићи у тим настојањима. Крените испочетка и Ви. Имате са ким. Ваша супруга је једнако изгубљена и уплашена, као и нас двоје што смо били. Није она за то мјесто гдје су је доктори смјестили. Загушили су јој људски осјећај туге лијековима. Ућуткали су је. Немојте мислити да Вас не препознаје кад дођете. Онај слабашан осмијех о коме сте говорили, је та снага коју сте извукли из ње. Не плашите се да кренете испочетка. Да своју супругу доведете кући. Да је загрлите. Да један по један лијек с временом замијени Ваша подршка. Не плашите се ни свог бола. Признајте и себи и њој да се и Ви плашите, али да сте дошли да кренете испочетка. Да се обновите. Пробајте, вриједи! Вриједи сваког напора та нада да ће вас обасјати поново, макар сличан живот какав сте имали. Са њом сте били сами и прије него што сте добили кћерку. Ја Вас молим, покушајте. Ако не пробате, нећете никада сазнати шта сте могли добити. Могућност којој дате шансу, одстраниће све оно што Ви сами не умијете. Моћ ће замијенити немоћ!

Као да је грч на лицу мушкарца попустио. Нека нејасна и свјежа сјенка указала се на његовим образима, и након дуго времена обузе га порив да се смије. Гласно и ослобођено се смијао, попут затвореника који након година и година ропства први пут корача ван зидина тамнице.

— Никада Вам ово нећу заборавити — Добривоје јој стегну руке и погледа у Ивана. — Ово ми је требало, пријатељу.

Иван обузет истинском спознајом да је Бог свеприсутан кроз сваку твар и свако лице, погледа Раду, и помисли да утјеха од Њега стиже различитим путевима и на многе начине.

— Мамаа, мама! — Сарин глас прекину тренутак милости која се осјећала међу њима трома.

— Хееј, овдје сам — махну руком и угледа весела лица Воје и Саре.

Још једном погледа Добривоја и рече:

— Ено моје могућности о којој сам Вам говорила. Дошла је када сам признала себи да имамо само један избор који смо дужни одабрати. Побједу!

Широко се осмјехујући крену ка њима двома, искрено желећи да је Добривоје оживио у себи снагу и вољу за животом.

— Хеј људи, баш сте брзи — закључи весело. — Је л’ то значи да су часови сликања завршени?

— Нису још ни почели, мамице. Ти баш мислиш да то тако лако иде. Него, ко су ти они људи што си била са њима?

— Познаници које сам данас срела — рече и погледа Воју. — Дакле, брзо сте дошли са часова. Је л’ то добар или лош знак? — нашали се на Сарин рачун.

— Није ни једно ни друго — крупним гласом ведро одговори Воја. — Данас смо припремали материјал и учили називе прибора и врсте боја. Сутра крећемо са практичним часовима.

— Значи сутра ћете знати да ли вриједи или не вриједи да иде у школу. Да ли има таленат?

— Нее — отежући проговори Воја, па погледа у Сару. — Сутра ћемо знати да ли ће нам ново искуство помоћи да упознамо шта све кријемо дубоко у себи. Сад је већ вријеме да кренем на поподневни одмор. Па, до виђења госпођо Радо. За сутра не припремајте храну, има довољно за неколико дана — насмија се расположено. — До виђења, Саро! — обрати се дјевојчици. — Сутра се видимо на плажи и крећемо на први час.

— До виђења! — одговорише готово углас обје.

Сара је са нестрпљењем чекала први час сликања.

— Идемо ли и ми, мама у собу да се одмарамо?

— Идемо — загрли је Рада, и кренуше свака са својим мислима.

XXIII

— Хајде сада девојчице, да видим шта ти умеш са кистом. Видиш ли ову бескрајну плаву воду испред себе — упита Воја, припремајући троножац и мало платно са воденим бојама.

У њему је била истовјетна радост, као када је Свјетлани, Андреи и мељиначким дјечацима и дјевојчицама показивао основе сликања.

— Видим — одговори Сара.

— Видиш? — упита поново Воја. — Хм, шта заправо видиш, опиши ми пре него кренеш да учиш прве кораке сликања.

— Па, ништа нарочито. Видим много плаво-зелене боје како се прелива једна у другу. Видим сунце на површини како баца златаст одсјај, и видим брод у даљини, неколико купача, једног пса и шарену лопту — одговори дјевојчица помно пратећи призор пред собом.

— Хах, није лоше. Није лоше за почетак — задовољно се осмјехну Воја, прстима чешљајући своју сиједу, уредну браду. — А видиш ли ипак, још нешто? — упита је након кратког размишљања.

— Паа — замишљеним гласом отегну Сара упорно посматрајући плаветнило пред собом — видим још један брод који се појавио и још неке купаче.

— Добро, то си већ поменула. Видиш ли још нешто поред тог?

— Не знам шта би требало да видим. Хах, како сам смешна! — ускликну. — Видим канап и бове везане дуж воде — одахну након напрегнутог посматрања.

— Добро, видиш ли ипак још нешто?

Сара се узврпољи незадовољно успухујући.

— Зар Вам све ово није довољно да насликате море! — узвикну помало нестрпљиво.

— Јесте да насликам море, али не и морски свет. Разумеш? — рече Воја.

— Па, и не баш — као из топа одговори. — Шта ту још има да се види?

— Видиш малена, ова вода коју посматраш, то је тек површина онога што је много, много веће. Ова вода ти је као и наши животи.

— Како то мислите, чика Војо?

— Да, баш као наши животи — замишљено проговори Воја, одсутно посматрајући треперење бескрајног плаветнила, на тренутак остављајући утисак да је потпуно заборавио на Сару и да води монолог са самим собом. — Да, као наши животи...

Онда се нагло окрену Сари, и поново присутан духом, рече:

— Све ово што видимо на површини воде је само спољашња слика нечега што је много дубље и важније. Ти си јако лепо запазила много детаља, и то је сасвим довољно за почетак. После, тек после се развија та дубља слика и доживљај онога што је заправо важно. Хоћемо ли сада да сликамо?

— Нећемо — дурећи се проговори Сара. — Нећемо док ми не објасните каква дубља слика и какви детаљи. О чему заправо говорите? Желим да будем познат сликар, и зато желим да ми објасните шта сте то мени неразумљиво наговештавали.

— Хахаха! — звонко се насмија Воја. — Други пут, девојчице. Други пут...

— Нећу други пут — прекрсти на прсима витке, преплануле младе руке и намршти лице као дијете коме је одузета драга играчка.

— Хахаха! — Воја се од срца смијао. — Баш си упорна и одлучна када желиш да дођеш до одговора. То је један слој те дубине — громко проговори. — Разумеш?

— Баш Вас ништа не разумијем, искрено. Хоћете ли ми напокон објаснити каква дубина и какви слојеви? Сликање је баш компликовано.

Зар све то треба да знам да бих узела кист у руке — зачуђено се запита Сара.

— Не, баш и не треба заправо, али онда нећеш бити најбољи сликар. Могуће да ћеш бити добар сликар, можда чак и веома добру слику направиш, али она неће имати душу. Неће бити жива! Разумеш?

— Опет Вас не разумијем — несигурно рече дјевојчица.

— Па, види. Разлика између сликара који не види ширу и дубљу слику је као и разлика између правог и пластичног воћа. Имаш живо воће које можеш загристи, осетити његову сласт. На пример, јагоду. Осетиш под прстима облик и величину, видиш боју, у устима осетиш сву сласт и мирис који испуни твоја чула. Напросто се осетиш живо и задовољно од тог залогаја. Са друге стране, у чинији имаш вештачко воће које је тако веродостојно направљено, да имаш утисак да је у самом Рају убрано. Ипак, кад га узмеш у руку, а оно мртво, круто. Јасно осетиш вештачки материјал. Ако си довољно задивљена или луцкаста, загришћеш тај приказ воћа и наићи на безукусну пластичну творевину. Оставићеш га натраг у чинију, и све што то воће може да извуче из тебе јесте да му се дивиш и гледаш како је изливено. Али не можеш наситити чула, зар не?

— Јесте, али какве то везе има са сликањем?

— Велике везе, јако велике везе има, моја Саро. Али како рекох, ти већ имаш доста елемената за доброг, можда чак и најбољег сликара.

— Како?

— Радознала си, жељна знања и упорна... Хаха — опет се звонко насмија посматрајући љупку дјевојчицу пред собом. — Млада си, довољно је да уочиш шта ти је за почетак потребно да би свој таленат развила у маестралну слику о којој ће се препричавати. Заправо, то не мора бити само слика. Може бити песма, роман, чак и звиждук уснама. Важно је да пробудиш чула која ће те оживети, и оставити траг ван тебе. Дубок траг! А то се постиже једино ако душом радиш. Утисни душу на бело платно, или папир да је сви осете! Да предосете човека у теби — кратко је зурио у њу, а затим дохвати штафелај и размути боју, пјевушећи пјесму о изгубљеном морнару и његовој драгој која га чека. — Хајде, сада да кренемо — расположено рече пружајући јој кист.

Сара несигурно узе четкицу и скоро постиђено погледа у сликара.

— Хоћу ли знати? Другачије је сликати на листу папира, а другачије овдје.

— Све је то ствар само личног доживљаја, Саро. Нема разлике између платна и листа, сем у глави. Само напред — охрабри је протресајући њене витке прсте, да би их олабавио и поставио кист како би са лакоћом повлачила потезе. — Хајдемо, сад да видим како ти запажаш ову лепу природу око нас. Насликај ми море и оне купаче — рече климнувши главом у знак охрабрења гледајући је очински топло.

Сара се помало посрамљено намјести испред платна, одуговлачећи са првим потезом. Као да је имала утисак, како је веома важно да се покаже као вјешт сликар.

Осјетивши њено размишљање Воја је погледа и значајно рече:

— Пази, девојчице, шта ћу ти сада рећи. Даћу ти савет, који је веома важно да упамтиш, важнији од тога како ћеш тренутно насликати овај призор. Никада, никада немој да чиниш било шта да би друге задовољила или да би се приказала оним што ниси. Не такмичи се ни са ким, једино са собом. Такмичи се тако да од себе извлачиш оно најбоље! При томе буди веома пажљива и стрпљива према себи. Тада ћеш стварати најлепше и најверодостојније слике. Разумеш, дете?

Сара климну главом и веома паметним изразом у очима погледа учитеља пред собом и прошапта:

— Запамтићу све што сте ми рекли. Разумјела сам — па одважно стаде пред платно и пажљивим потезима започе своју прву слику.

XXIV

— Ево — погледа Сара у свог учитеља након пар сати сликања и неколико пауза — завршила сам своју прву слику. Како вам се допада?

Воја је пришао и пажљиво проматрао задату тему. Упркос дјечјим невјештим потезима, слика је одисала личним изразом и топлим тоновима њене душе, које је Сара пренијела на платно. Детаљи и колорит су упућивали на дјевојчицу врло радозналу, промућурну и ведру.

— Знаш малена — замишљено проговори Воја, гледајући и даље слику — одлучио сам управо да те примим за ученика. У теби има талента који ћемо мало надоградити ових дана док сте још ту, а онда ћеш код куће наставити са радом. Упамти: таленат је свега тридесет посто, све остало је рад и рад! Са радом добијаш сликарски израз и свој потпис кроз слике. Ако се ослониш само на таленат, угушиће те уобразиља да нешто вредиш! Само када из себе будеш извлачила боље и више, има наде да оствариш слику са дубином о којој сам ти на првом часу говорио — насмијеши се и поче скупљати материјал, са намјером да слику оставе за сутра, како би је допунили са још детаља. — А, сада ћемо распремити робу и опрати четкице, јер нам је алат потребан и сутра, зар не?

Сара потврдно климну главом, и један по један предмет унесе у колибу.

Остављајући све на одређено мјесто, радознало крену ка простору гдје је прије неки дан са мајком угледала портрет дјевојке, али поред њега и плахтом покривену слику.

— Ја бих да видим шта имате овдје насликано — рече једноставно, и већ прилично слободније, без стида који је био присутан првог дана рада. Очито су већ почели постајати другари.

— Не! — узбуђено подвикну Воја и дјевојчици бијаше нелагодно, али се насмијеши.

— Опростите, нисам мислила да вас разљутим.

— Ниси ме разљутила, само да знаш, нешто не би било покривено да је дозвољено видети. Не ваља све видети. Радозналост је добра када је умерена. Распуштена радозналост може бити штетна. Увек некога повреди. Или онога ко је не зна обуздати, или другог ко жели имати нешто само за себе. Разумеш?

Сара климну главом врло постиђена, а у очима јој се видјело да је узбуђење због данашњег дана изненада спласнуло.

— Немој да те дотиче мој коментар. Нисам се наљутио. Желим само да те подучим неким стварима које ће ти, сигуран сам, касније служити кроз живот. Хајде — благо рече и помилова је по коси. — Идемо код мајке сада. Још мало па ће се разилазити сви са плаже. Вечерас имам једно изненађење за вас две. А сутра за тебе посебно — тајанствено се насмијеши Воја, гледајући је загонетно крајичком ока.

— Можда мама неће жељети изненађење. Мислим да јој је врло непријатно колико сте добри према нама.

— Није то никакво специјално изненађење за маму. То је више моја радост, а ви ако будете желеле да ми правите друштво, било би лепо — смијешећи се сачека да Сара изађе из колибе, затим притвори врата, па кренуше на плажу.

Барон је остао на простирци у дубоком сну, објешене вилице. Сара прсну у смијех због тог призора доброћудног и срећног Барона.

— Мама! — потрча Сара мајци у загрљај. — Положила сам испит. Чика Воја ме је примио за ученика — у једном даху сасу своје узбуђење, гледајући мајчину реакцију.

— Баш сам срећна због тебе, душо. Је л' вам била напорна господине Војо, ова моја радост?

— Напорна? Зар младост и жеља за знањем могу бити напорни, госпођо? — упита Воја.

— Не знам колико је заиста жељна знања, а колико тек радознала? Дјеца имају промјењљива интересовања.

— Ваша Сара је једна даровита девојчица, а колико ће се развити у уметности зависи од њеног рада. Препоручујем Вам да је упућујете у том правцу. Нека се држи тог курса и биће макар испуњена спознајом да је радила нешто што воли. Слажем се да деца нису формирана и да имају развејану пажњу на више страна, али Вам тврдим да она има сликарски дар. Подржите је.

— Хвала Вам, заиста. Потрудићу се искрено — Рада се поносно загледа у своје дијете и помилова је по коси. — Па, да ли ћемо се видјети ових дана? — упита трудећи се да не буде наметљива. — Мислим, да ли ће Сара још бити на часовима?

— Наравно да се видимо. Не ових дана, него већ сутра са Саром. А волео бих да ми изађете у сусрет, да вама двема вечерас припредим једно мало изненађење. Требало би да знам већ сада, да бисмо имали времена и ви и ја да се спремимо. Почиње у двадесет часова.

— Јој, мени је толика пажња већ почела бивати непријатна. Не љутите се ако Вас одбијем. Молим Вас опростите, много сте већ учинили за нас — рече Рада са призвуком нелагоде, али и знатижеље.

— Нећу се љутити, наравно, али баш Вас није заинтересовало чиме желим да вам улепшам вече. Рачунам да се за који дан свакако разилазимо. Животни путеви ће нас неупитно удаљити. Не верујем да ћу идуће године долазити у Мељине. Постоје неке друге обавезе, које ће ме одвести одавде, а сусретом са вас две моја мисија се завршава.

— Каква мисија? — промуца Рада.

— Е, видите — ведро одговори Воја — ако бисте вас две изашле вечерас са мном, можда и стигнемо о томе причати. Верујте да се нећете покајати. Штавише, ово ће бити један од оних излазака које ћете памтити по доживљеним успоменама. Па? — направи паузу и погледа обе очекујући одговор.

— Толико сте ме заинтересовали, да вас да не могу одбити. Могу ли ја нечим учествовати вечерас? — рече Рада.

— Наравно — спремно дочека Воја — својим присуством и добрим расположењем. Немојте, молим Вас, само очекивати да допустим да делимо неки цех или слично. Новац има сврху да помогне у лепшем и лакшем животу. Тако, ако смо се договорили, видимо се око пола осам испред мог хотела. Може?

— Може — гласно одговори Рада и пружи Сари простирке, а она узе торбу за плажу.

— Видимо се вечерас, чика Војо — добаци Сара, након чега кренуше.

XXV

— Изгледате веома лепо — учтиво примијети Воја.

— Хвала, такође, и Ви — распложено одговори Рада и упитно га погледа. — У ком правцу идемо?

— Кренућемо према једном ресторанчићу, који има тако лепу летњу позорницу. Видећете, мало је завучен у једној уличици, и таква је штета што није на упадљивијем месту. Зато и морају толико реклама да праве, како би људи знали за догађаје које приређују.

— Толико сте ме заинтересовали, господине Војо. Желим да видим какво је то изненађење и позорница. Баш Вам хвала на овом гесту — дирнуто рече Рада, и ухвати Сару под руку, пратећи Војине кораке.

Скренуше у уличицу препуну ружа, које су се успињале по зидовима ресторана и балкону испод ког се налазио подијум са припремљеним микрофоном и инструментима. Запази склопљену хармонику на једној столици, и двије гитаре прислоњене о барску столицу.

„Очито жива свирка", помисли Рада и осмотри читаву љетњу башту.

Све је одисало духом старих времена. На капцима ресторанских прозора, обојених тамнозеленом бојом, модроцрвене руже су истезале своје гране, меко наслањајући плишане пупољке или расцвјетане и бујне цвјетове на окна, шире́ћи готово заборављен опојан мирис дуж читаве позорнице.

Уз кратку стазу која је водила до столова, камена фонтана са много зеленила, додавала је угођају још већу свјежину и милину која се разливала ваздухом. Зачуо се шум воде у том каменом појасу, у ком се толико детаља налазило. Рада запази бакарни ибрик, из чијег широког грла је отицао снажан млаз хладне воде. Ибрик је држала дјевојка у босанској народној ношњи, и поливала руке мушкарцу са фесом на глави. Фигуре су биле гипсане, али тако вјеродостојно направљене, да јој се оте уздах изненађења. Сваки детаљ у том малом каменом простору је са таквом умјешношћу и љубављу постављен, да јој се учини како се дах сарајевских ноћи прикрао и да чује звуке донесене равно из љетних башчи Сарајева. Сузе јој засјенише поглед и захвално погледа Воју. Сара је стајала поред ње, опчињена читавим призором, а он их је задовољно посматрао, знајући да је успио да их обрадује.

— Идемо за овај сто — показа руком према слободном асталу, на коме је малени фењер бацао пригушене сјенке што клизе по стољњаку жуте боје.

Свакој понаособ извуче столицу и сачека да се смјесте, те и сам сједе.

— Допада ли вам се, драге моје? — упита их врло срећан и расположен.

— Немам ријечи — прошапута Сара, док се Рада помало узнемирена, борила са неким унутрашњим расположењем.

— Газда је Сарајлија — рече Воја гледајући у Раду. — Осећао сам како би требало да откријете ову скривену чаролију. Напокон, припадате јој — прекину обраћање угледавши конобара, и кретњом руке позва га да приђе за њихов сто.

Конобар је био обучен у црне панталоне и бијелу кошуљу, а преко ње је имао црни прслук извезен плавим концем и шарама босанске народне ношње. Око струка је опасао шарени вунени појас, те је наликовало као да је ушетао равно из сарајевских ашчиница. Смијешећи се, чекао је поруџбу.

— Да ли бисте попили кафу за почетак? — упита Воја Раду.

Још под утисцима које је измамила ова неочекивана ноћ, румена од узбуђења само климну главом, и осмијехну се младићу у ношњи.

— Препоручио бих Вам праву босанску кафу — рече младић, не знајући да је њој све то толико познато.

— Наравно — потврди, помало изненађена да јој то уопште и напомиње.

— Не зна момак да сте и ви из Сарајева — добаци Воја смијешећи се, и дечко се искрено обрадова.

— Баш ми је драго, госпођо, ја сам из Вогошће, али када дођем оздје имам утисак да не радим на мору. Газда је јако везан за Сарајево, и како видите, један дио је аутентично пренио овдје. Лично ћу вам скухати кафу и биће сигурно добра — симпатичним лицем пређе лијеп осмијех. — Шта ћете Ви, господине, а шта дјевојчица? — упита пажљиво биљежећи наруџбу за кафу.

Воја је, такође, наручио кафу, а Сара лимунаду.

Рада погледа око себе, кад се младић удаљи и клонуло утону у мисли.

— Изволите, Вашу кафу — тргао ју је ведар глас младог конобара, постављајући пред њу округли сахан са малом џезвом и филџаном, поред кога је био ратлук набоден на чачкалицу.

Мирис кафе јој испуни носнице, и одједном је обузе нека туга за прохујалим временом. Гануто се захвали и привуче филџан устима. Кафа је била одличног укуса.

— Овај ужитак, господине Војо, никада Вам нећу заборавити — тихо прозбори док је умакала коцку шећера у кафу.

Погледавши око себе, изненади се да су сви столови били попуњени. Музичари су већ заузели своја мјеста на бини за свирку.

И они су на себи имали босанску ношњу.

Један је на крилу припремао хармонику, а остала двојица гитаре. Четврти је намјештао микрофон.

Меки тонови севдалинке запљуснуше читаву бину. Звуци су лелујали ваздухом, протезали се дуж столова, извијали се попут трбушне плесачице, завлачили се у сваки ћошак ресторана и завршавали у душама гостију, који су разнежени музиком лагано испијали вино и готово нечујно звецкали есцајзима узимајући залогаје хране.

Акустичне гитаре са затегнутих жица засвираше инструментал *Крај танана шадрвана*.

Рада утону у слатки немир далеког срећнијег времена.

Као да угледа лагано ваљушкање Миљацке, док је као дјевојка наслоњена о ограду моста посматрала поигравање сјенки зажарених свјетиљки које се спуштају дуж воде и прате њен ток. Читав град у загрљају Миљацке, огледао се спокојно у води којом је отекло много дјевојачких суза, изречених обећања на вјерност, уздаха остављених, болних лелека за пострадалима кроз историју Босне. Сваки камен је ћутао о уклесаним тајнама и завјетима.

Гитара је везла и низала жалопојне звуке севдалинке, тај босански фадо о непролазној и изгубљеној љубави коју дјевојачко срце уз чежњу оплакује!

Емина се одрони са жица, доносећи Шантићев бол срца, те женама потекоше сузе. Женско срце, слабо на тајне и несрећне љубави, стопи уздахе са јецајима гитаре и вратише се у двадесети вијек, у коме је опјевао елегију због неузвраћене љубави Емине Сефић. Чинило се да Емина са ибриком у руци стоји пред њима, док њену косу сплетену у дебелу плетеницу милује вјетрић у овој чаробној босанској ноћи, пренесеној из Сарајева у Мељине. Повјетарац је гурао уздахе, подижући неку лаку копрену са срца свих окупљених, који као да нису дисали. Заплакаше и дирке хармонике, допуњујући звук гитаре и као да изнесоше уздах Меше Селимовића за Босном:

„Босна је моја велика љубав и моја повремена болна мржња. Безброј пута сам покушавао да побјегнем од ње и увијек остајао, иако није важно гдје човјек физички живи.

„Босна је у мени као крвоток. Није то само необјашњива веза између нас и завичаја, већ и колоплет наслијеђа, историје, цјелокупног животног искуства мог и туђег, далеког, које је постало моје. Виђена извана и без љубави, Босна је груба и тешка, виђена изнутра и са љубављу коју заслужује, она је људски богата, иако и у себи несазнана потпуно.

„Ријетко је ко болније и драматичније одређен историјом као Босанац. Шта се све кроз вијекове накупило у тим људима! Осјећање властите неодређености, туђе кривице, тешке историје, неизвјесне будућности, страха од промјене, жеље за добротом и хуманошћу која се односила на све људе без икаквих ограничења и честих разочарења која су рађала мржњу. То су веома сложени и замршени људи и тешко их је разрјешавати по првом виђењу и по спољашњим утисцима.”

„Ех, Босно моја, заплетена у замршену и болну историју”, помисли Рада и обазре се око себе. Скоро сви столови су и даље били попуњени, и она захвално погледа Војку. „Какав диван човјек”, помисли и учини јој се да види осмијехе њених кћерки како лелујају у неком љепшем и лакшем свијету, са којим она нема додира, док оне имају са овим.

Заблисташе сузе у њеним очима и усправи се на столици.

— Опростите ми, господине Војо, што сам све вријеме ћутала. Ово вече је за мене толико посебно да га сигурно нећу заборавити никада. Ви сте ме толико задужили овим.

— Не сматрајте се задужени било чим. Ништа мање нисам уживао у друштву, музици и вину које Ви нисте ни дотакли, као ни вечеру — опуштено се насмија Воја показујући на тањир пред Радом и чашу црног вина која се недирнута цаклила.

— Зар је могуће да нисам примијетила ни Вас да једете, ни вечеру када је стигла? — Рада запањено погледа у Сару и њега.

— Ти си мама, била у другој димензији — огласи се Сара и медено се насмијеши.

— Опростите обоје, молим вас — извини се Рада.

— Све је у реду госпођо — рече Воја и погледа на ручни сат. — Ускоро ће се завршити програм. Да ли желите да замолим конобара да вам спакује вечеру, па понесите у хотелску собу?

— Нека спакује, а ја ћу се сутра тим оброком позабавити — гласно се насмија и Сара је спонтано привуче у загрљај.

— Тако си лијепа кад се смијеш — рече срећна. — Чика Војо, хоћете ли да нас фотографишете, молим Вас? — настави, пружајући му свој мобилни телефон.

— Врло радо — одговори он. — Ваљда ћу се снаћи с овом скаламеријом. Знаш, боље ми иде са бојама и четкицама!

— Снаћи ћете се, лако је.

Воја начини неколико снимака којима је Сара била веома задовољна.

— Види мама, баш смо лијепе! Морам неку од ових фотографија послати Драгани и Милици, оне ће се радовати да виде осмијех на твом лицу — гледајући у телефон, Сара није примијетила сјенку туге на Радином лицу, на помен ова два имена.

— Пошаљи, пошаљи — рече Рада, док је покушавала да се смири.

Драгана и Милица су биле симбол пријатељства. Након Свјетланине и Андреине несреће, стално су биле уз Раду. Као да су те двије миле дјевојчице својим присуством жељеле да ублаже њену празнину и бол. Никада нису заборавиле Цецин и Андреин рођендан.

Увијек су нашле начин да у те дане испоштују своје заувијек заспале другарице.

Када се родила Сара, радовале су се свим срцем, и прихватиле су је као своју сестрицу.

Ради би драго што је Сара у том моменту помислила на њих и пожељела са њима да подијели тај лијепи тренутак.

У тишини, свако вођен својим мислима, напустише ресторан. Воја их отпрати до собе, док су звуци хармонике још помало одјекивали у њиховим душама.

— Лаку ноћ, млада дамо — обрати се Сари. — Немој да сутра не дођеш на час, зато што је вечерас касно. Нема оправдања — развуче образе у широк осмијех и поздрави се и са Радом. — Лаку ноћ, објема.

— Лаку ноћ — њих двије гласно одговорише, и полако затворише врата.

— Какво је ово било вече, Саро — усхићена и румена погледа кћерку.

— Тако си дивна кад си срећна, мама — загрли је дијете и обујми рукама њено лице.

Ноћ је капала по мељинским улицама и црним велом покривала читав град. Сан је преузимао власт над уморним људима. Завлада тишина, дубока и нијема.

XXVI

— Данас ћемо малена, довршити твоју слику, а онда имам за тебе једно слатко, мало изненађење — рече Воја, вадећи прибор за сликање и постављајући троножац на коме ће Сара завршити своју слику.

Погледавши дјевојчицу након сат времена, Воја прсну у смијех са радошћу у очима.

Сара је била умазана бојама од прстију и дланова, до обрашчића, предајући се сва стваралачком заносу.

— Биће од тебе нешто. Док се не умажеш бојама, нема сликара од тебе — грлено се смијао Воја, гледајући дјевојчицу час постиђену, час надурену као мало дијете, док најпослије и њу не захвати смијех, гледајући свој одраз у огледалу закаченом у колибици.

Воја се у том тренутку сјети Андрее. Тако је и она била замрљана. Невјешто покушавајући да склони прамен косе са очију, боју је нанијела на косу и уши. С обје стране лица био је по један праменчић који се никако није дао ухватити. Цеца и он су се смијали Андреи, док је она у почетку била постиђена и љута као сад Сара, да би се на крају и она засмијала са њима. Сјећао се прелијепог, звонког смијеха дивних талентованих дјевојчица, сестрица са којима се судбина тако трагично поиграла.

Слика је била завршена, и Воја удаљивши се осмотри Сарино дјело, па рече:

— Ово је твој први рад од кога нисмо ни очекивали неко ремек-дело. Битно је да си се препустила оном што волиш, али још нешто је у овоме веома важно. Имаћеш своју прву слику коју ћеш моћи да надограђујеш и усавршаваш кроз рад. Када за годину дана будеш погледала прву слику и ону која тада буде изашла из твог киста, најбоље ћеш моћи видети колико си себе надмашила. За годину дана би требало да имаш макар седам слика. То није превелик број, а за вештину сликања значи много. Предвиђам ти успех доброг сликара, ако само будеш упорно радила и радила...

Након кратког ћутања погледа дјевојчицу и предложи:

— Хајде да поједемо сада сендвиче које је твоја мајка направила, и да ти кажем шта сам спремио за тебе. Важи?! — загонетно се насмијеши изазивајући у њој велику знатижељу.

— Једва чекам да видим то изненађење — ускликну весело и прихвати се скупљања материјала, како би могла појести ужину. Питала се о чему се ради, док су је дјечја радозналост и узбуђење сву обузели.

— Да знаш Саро, повлачим сваку изговорену реч, да није требало оволико сендвича направити — кроз залогај, потпуно усредсређен на храну рече Воја, развлачећи уста у осмијех.

Барон је кривио главу, час лијево час десно пригушено цвилећи, док их је непрестано пратио незадовољним погледом.

Сара се гласно насмија и откину пола сендвича, гурајући му у отворене чељусти.

Залогај је нестао у трен. Бришући руке погледа у Воју и прсну у смијех.

— Он би могао и мене да поједе колико је зинуо.

Сликар одмахну руком и весело погледа у свог крзненог пријатеља, наредивши му да се испружи на топао пијесак.

Завршавајући јело и бришући руке, погледа дјевојчицу и тајанствено се насмијеши.

— Сад, малена, да кренемо са радом. Много тога од оног прибора што си склонила ће нам бити потребно, али ћемо за неки минут видети шта још...

Сара га погледа зачуђено, али ништа не рече. Без поговора је чекала даља упутства.

— Видим да си изненађена и сигурно се питаш зашто сам ти малопре рекао да покупиш све, а да нисмо завршили посао. Врло је једноставно. Желим да ти уђе у навику да увек очистиш свој алат и материјал. Да увек буде све на свом месту и спремно за неку следећу авантуру сликања. Замисли ово, теби сада налети неки блесак инспирације и одеш са усхићењем до постоља, а платно неспремљено, палета за боје умазана и прљава, па не знаш где ти је кист... На тај начин никада нећеш бити уметник. Не само уметник, већ сутра и домаћица, и све што иде уз то када се удаш. Са задовољством ради све што радиш, а педантношћу себи сваки посао олакшај. Важи?

Сара је климнула главом и знатижељно посматрала Воју како вади неке цедуљице из новчаника и распоређује их у празне кутијице киндер јајета.

Једну је ставио у један длан, а другу у други.

— А, сада, малена, да пређемо на дело — осмијехнувши се сакри обје руке иза леђа. — Коју руку желиш?

— Десну — без размишљања рече дјевојчица.

— Јеси сигурна? — тим питањем Воја намјерно свему додаде привид игре.

— Сигурна сам — са нестрпљењем рече Сара.

— Па, добро. Ово што си данас изабрала, биће уједно и изненађење дана. А, сада да видимо шта си извукла — рече Воја, и пружи дјевојчици жуто пластично јаје, а она га узе са великим интересовањем и пажњом. Полако отвори поклопац, извуче два пута пресавијен папир и прочита:

— Данас правимо змаја!

Зачу се узвик одушевљења, Сара поскочи у мјесту, па настави играти од среће.

— Хеј девојчице, да сам знао да ће те ово толико обрадовати, раније бих то организовао — као гануто рече Воја, посматрајући њежну прилику пред собом. — Ниси заборавила шта сам ти обећао првог дана када сам те пронашао код чамца, зар не? Човек, човек се малена, за реч држи.

На чему би стајао свет да није те речи — запита се гласно, не очекујући одговор од Саре.

То је била његова порука, или прије би се могло рећи, то је био његов начин живљења. Никада никога није изневјерио, ако је било шта обећао.

XXVII

— Рекао сам ти да ће ово бити најлепши змај читаве Боке. Па, ако то и не успемо, макар ће бити наш најлепши змај. Колико ће лепотом надмашити остале, нећемо никада сазнати, зар не? — насмија се расположено, звиждањем употпуњујући вријеме припреме за рад.

Вриједно помажући и додајући боје и алат, зајапурена од узбуђења, Сара је послушно пратила упутства.

— Да закључимо, малена, шта нам је за овај подухват све потребно, пре него се успустимо у рад. Дакле: две дашчице, канап, сантиметар, ексерчићи, селотејп, картон, маказе, папир, лепак, кист и боје! Провери да ли имамо све то? — и сам гледајући садржај материјала пред собом, Воја најави да коначно могу кренути са склапањем папирног змаја.

Саму градњу је пратило много радости са обје стране, као и Бароново шепртљасто мотање око њихових ногу. Воја је више надзирао рад, и уплитао се само када запази да се Сара не сналази најбоље са прецизним резањем папира или цртањем геометријских облика. Змај је видно напредовао.

— Чуј малена, нисам очекивао оволико великог змаја. Завршисмо ми читаву грађу. Сада нас чека бојење и провлачење канапа, па да га пустимо низ ветар.

— Ја бих мало да се усправим, леђа су ме заболела сједећи на пијеску.

— Имаш право, драга девојчице. Док се ти одмориш, идем да нам донесем хладно пиће.

Вративши се са соком од наранџе, обрати се Сари:

— Знам шта ћемо. Ти ћеш обојити свог змаја у какав год колорит желиш. Ишарај га, па нека змај заплеше небеским висинама у твом руху — предложи јој и отвори лименке, сједајући на пијесак.

Сара је удубљена у рад, свом змају насликала анђеоска крила испод којих се сакрила сјајна свјетлост дугиних боја. Приказ је био толико лијеп, да Воја неочекивано уздахну. Одлучио је да на њену замисао дода неколико искусних потеза, након којих је змај заблистао пуним сјајем. Личило је као да се анђео раширених крила спустио међу њих двоје.

Гануто рече Сари:

— Девојчице, сад ћемо додати сребрне траке уместо репа, и наш змај може да крене у први лет.

Након неколико сати пажљивог заједничког рада дјевојчице и сликара, змај је био закачен на дугачку везу, уз чију помоћ је требало да полети. Призор је био више од очекиваног и Војиним лицем се разли блаженство, које врло брзо замијени сјета.

— Ух — дубоко уздахну и погледа милу и срећну дјевојчицу поред себе. Помилова је по коси и замишљено рече: — Колико сам срећан што сам део и твог одрастања, као што сам био у кратком блеску њиховог живота. Живот нас обогати за неке догађаје, лица и ствари. Оно што се најдуже памти је... — замишљено је заћутао, док му је поглед лутао дуж плаве водене површине. — Тако свему дође крај, и сваком дружењу дође време растанка. А растанци су увек тешки и осетљиви тренуци — више за себе је тихо закључио.

— Чика Војо, не идемо ми још. Имамо још пет дана да се дружимо, па опет идуће године — узвикну дијете весело, осјећајући овај Војин тренутак сјете и неке скривене патње.

Са сузама у очима је погледа и рече:

— Чујем кишу у даљини како свира успомене. Лепе, нежне и срећне. Подмладила ме је ваша младост и лепота детињих безазлених срца. Када у тишини свог дома будем извлачио једну по једну слику, оне ће лечити моје усамљено, а опет због вас — радосно срце. Удеси живот тако да се неки путеви заврше баш на том месту где су и почели и одакле се продужетак више не назире. То је то... Мисија људског бића се испуни, и он мирно може продужити даље. У сусрет кишама и успоменама, неким драгим лицима и новим бојама.

— Зашто тако говорите, чика Војо? — растужено упита Сара, осјећајући да се нешто дубље крије иза његових ријечи.

— Ништа, девојчице, ништа није тужно. Живот је чудесан, непредвидив и препун толиких лепих детаља. Као украси на души, свака лепа успомена сија и растерује давне и будуће туге — па као да се прену, озарено и одсјечно настави: — Хајде да полете наша крила дуж небеског пространства. Задивиће читаву Боку.

Узе канап и потрча дуж вјетра, док је Сара уз цику трчала за њим. Успио је свега три пута да се заврти под невјештим Војиним вођством, а затим је пао на пијесак. Сара се кикотала, и сва важна објашњавала како заправо треба покренути змаја, те своје знање са првог часа пренесе и на свог одраслог и великог другара чика Војоу. Њихов змај се на почетку бојажљиво подигао, а затим се одважно све више и више пропињао, високо, високо... Као да се скривени анђео извукао из бијелих облака и најавио лет. Први слободан лет.

XXVIII

— Још данас и сутра идем на часове сликања, па ћемо посљедња три дана овог одмора провести скупа, мама. Хоћеш ли и ти данас да нам се придружиш?

— Нећу, злато. Синоћ смо се испричали Воја и ја, када је тебе допратио. Не смета ми самоћа. Упознала сам овдје једну фину госпођу и њеног мужа, па смо већ два дана једни поред других на лежаљкама и разговарамо. Како напредујеш са сликањем? Хвалио те је чика Воја синоћ.

— Одлично напредујем мама, а данас ћу да дођем са једним изненађењем на плажу чим завршим час. Видјећеш нешто јако, јако лијепо. Идем сад мамице, а понијећу ове сокове — Сара звонко пољуби мајку, па се упути плажом до колибе.

Док се приближила колиби, у даљини је угледала Воју како се мучи, покушавајући да подигне змаја и хитро потрча према њему, смијући се гласно.

— Слаб сте ученик, чика Војо — зачикавајућим гласом шаљиво рече.

Воја је, попут дјетета ухваћеног у неспретној игри, сметено погледа и промуца:

— Ма, ја то онако, чисто да обновим знање.

— Шта смо јуче причали о положају тијела — упита га Сара, те се окрену леђима, спретно држећи канап у руци.

Благо повуче узицу и вјешто узнесе змаја, лагано трчећи, а потом све хитрије, док је змај добијао убрзање.

Воја се журећи трудио да прати Сару. Након извјесног времена спустили су змаја на земљу и сјели на пијесак.

Сара задовољна и озбиљна, посматрајући крила свог змаја, разгаљено рече:

— Колико је само лијеп овај наш змај. Штета што није органозивано неко такмчење. Сигурна сам да би побиједио.

— Ех да. Заиста је лијеп. Сигуран сам да би макар био запажен у гомили осталих змајева, али знаш шта је важније од неке награде? Важније од тог такмичења — додаде не чекајући њен одговор — јесте то колико љубави и труда он носи у себи. Врло си лијепо уклопила боје. Веома добро си то одрадила.

— Нисам сама, Ви сте ми помогли, чика Војо. Овај змај у себи носи једно трајно пријатељство, које је везано овом узицом. Гдје год да будем ишла с њим, сигурно је да ћете и Ви бити ту. Летјећете скупа са њим и бити на висини, уздигнути од свих ружних ствари, спојени у заједништво једног трајног пријатељства.

Погледа у човјека поред себе и сусрете се са паром сузних очију, које су је разњежено посматрале.

— Желим да Вам кажем како сам много овог љета научила од Вас. Ово је било једно врло важно и лијепо искуство за мене, поготово што сте били друг и мојим сестрама. Нисам Вам се стигла ни захвалити.

Воја је ганbuto ћутао, плашећи се да би га прави осјећаји одали ако би проговорио.

Након што се прибрао, осмјехну се и рече:

— Хвала, малена. И ја сам, као и ти врло поносан на ово наше пријатељство. Него, знаш шта?

— Шта?

— Мислим да је време да отворимо и оно друго киндер јаје? Шта ти мислиш?

— Скоро да сам заборавила на то — живахно рече Сара. — Дајте да видим шта је данас изненађење.

Воја хитро скочи са пијеска и уђе у колибицу. Након краћег задржавања изађе, носећи у руци жуто пластично јаје, а на лицу видну радост и задовољство.

„Колико ме је само оплеменила ова дечја душа", помисли пружајући предмет Сари.

Полако и пажљиво, чак са већом знатижељом него јуче, она отвори поклопац и извуче цедуљу умотану у малену ролну. Одви папир, и широк осмијех јој пређе преко љупког лица када прочита:

— Обојити старог, доброг „Сантјага". Чика Војо, Ви сте стварно „cool"! — понесена одушевљењем гласно изрече своју мисао.

— Обећање је обећање — одиже он рамена, као неко ко нема више шта рећи о томе, јер се то свакако подразумијева.

Живост за пар тренутака међу њима побуди нестрпљење, да што прије припреме сав алат који им је потребан и сјуре се до чамца, који је лијено и немарно лежао на пијеску, огуљен и испуцао од врелине и соли, потпуно неупотребљив.

— Хееej малена, не заборави понети чекић и ексерчиће. Знаш где стоје — довикнуо је Воја, усхићен и срећан попут дјечака.

Сара је јурила час до чамца, час до колибице. Након краћег времена, сједе близу чамца и загледа се у његов широки труп.

Воја се придружи Сари након што је припремио боје. Дјевојчица истегну руку до торбе за плажу и извади двије лименке сока. Још нису биле толико вруће, да не би пријале. Као два одрасла и велика ортака, погледаше једно у друго, и схватише да је ово толико важан чин који ће оставити трајну успомену на њихово дружење и пријатељство. Колико је био важан гест за њих, толико је био важан и за сам чамац. Као сиједи усамљени старац, немоћан у било каквим кретњама, „Сантјаго" је лежао на пијеску ћутке чекајући свој крај. Његове авантуре свакако више нико није ни очекивао, па чак ни прижељкивао. Као неко ко је дотрајао и непривлачан, више никоме није будио пажњу. Тек понеки шетач би сјео на његов прамац, запалио цигарету и отишао својим путем. Самог и готово заборављеног, таласи су га покаткад умивали и миловали, али су га и снажно шамарали током олуја. А он је само чекао свој природни свршетак. Једна по једна даска ће се одваљивати, као гране са старог трулог дебла, док од њега, некад снажног чамца не остану само комади трулих, мокрих дасака.

— Стари мој! — узбуђено пљесну Воја по широким боковима чамца, задубљен у његову трошну грађу.

Прелазио је руком по дрвеној конструкцији, као неко ко дуго година није видио свог оданог пса, чији призор га је дубоко потресао.

Лежао је као жив, а отписан. Управо као човјеков најбољи пријатељ који је остарио, чекајући свог господара, или макар неког ко би му указао зрно пажње.

Помирен са самоћом, ћутке и нијемо је чекао смрт, не вјерујући да ће више икада на својим леђима осјетити пријатељску руку коју је толико волио и некада захвално лизао.

— Додај ми чекић и ексере — пружи руку ка Сари, и даље помно проучавајући одакле да крене поправку. — Ово захтева много већи и дужи рад него што сам мислио. Сада је скоро подне, колико можеш остати да ми помогнеш? — упита Воја.

— Колико могу остати? — упитно ускликну дјевојчица. — Па на чему стоји свијет, чика Војо? Шта сте ми рекли о задатој ријечи?

Воја је погледа задовољно и захвално, узе чекић који је држала у руци не скидајући осмијех са лица.

— Онда, малена, идемо у нашу малу авантуру. Помоћи ћеш ми да га изгурамо даље од воде, како би нам се сушио до сутра. Ја ћу прво да кренем са поправком, а ти би могла да прошеташ и донесеш једну кафу чика Воји, а себи купи сладолед. Хоће ли ти то бити проблем?

— Какав проблем, чика Војо! Напротив, биће ми баш задовољство.

Воја из новчаника извади неколико новчаница и пружи Сари уз опаску:

— Не штеди себи на сладоледу. Узми колико год желиш кугли.

Сара је лагано, ногу пред ногу, кренула пропадајући у ситни, врућ пијесак, док је раздрагано око њених ногу скакутао Барон, вртећи репом као лепезом. Испраћена замишљеним Војиним погледом све више и више се удаљавала, грабећи ка води због врућине.

Воја се окрену ка чамцу и уздахну.

— Е, старино моја.

Испружи руку ка кљуну чамца и покуша отпетљати чвор дебелог, давнашњег канапа којим је некада био привезиван. У срцу је осјећао велику радост као да га спасава од дављења. Осјећао је његову далеку историју како му кола кроз прсте, и помисли да свака твар има своју вибрацију и да је заправо жива. Не постоји мртва и жива природа. Како природа може бити мртва? Жива је у свом сагласју са сваком твари и бићем.

Гласно проговори као да га „Сантјаго" разумије:

— Брод није ништа без воде, а човек без снова — и пажљивим покретом превуче дланом преко трошног чамца, милујући га и обећавајући му поновни живот.

XXIX

— Чика Војо, послала нам је мама освјежење. Свратила сам до ње и јавила јој да ћемо се задржати у раду — узвикну Сара усхићено, приближавајући се Воји.

Он се изненађено окрену и шаљиво рече:

— Ја сам заборавио да ти и постојиш, девојчице — намигну несташно и настави — ако је нешто примамљиво, направићу паузу одмах! Али, како видим не носиш ми кафу — рече Воја, док се благо разочарење осјетило у његовом гласу.

— Мама је рекла да би се кафа охладила док је донесем, знајући колико се премишљам око тога које кугле сладоледа желим — дјетињасто се закикота Сара и спусти се на пијесак.

— Да се охлади кафа на четрдесет степени! Шалиш се? — погледа је са видним очинским симпатијама. — Значи, судбина ми је да радим и ћутим, без паузе и предаха — вицкасто рече, направивши комичну гримасу лица.

— Неее, мама је мислила о томе. Послала вам је термос боцу са домаћом кафом. Рекла је, заправо, да Вам не купујем ту инстант кафу. И знате шта — полушапатом се обрати Воји, као када се има рећи нека велика и важна тајна.

— Шта? — истим тоном упита Воја, чинећи се врло знатижељан.

— Рекла сам мами да имам за њу велико изненађење! Два изненађења — ускликну сјетивши се и змаја, а онда му готово шапну на уво, као да их Рада може чути са друге стране плаже: — Нисам јој одала ниједну тајну, ни о чамцу, ни о змају.

— Да знаш, цурице, врло добро си учинила — саучеснички је погледа и значајно климну главом као да је то била нека врло мудра и важна одлука и тајна која се још не смије дознати. — Како ти изгледа мој рад? Види ли се икакав напредак? — показа главом на чамац.

Сара се загледа и примијети сјајне главе ексера закуцане у дрвено, широко тијело. Пукотине су на неколико мјеста биле мање видљиве и изгледао је чвршћи.

— Изгледа ми као неко ко има будућност. Са тим ексерима личи на дебело јастуче у које су убодене игле моје бабе Неде — закикота се дјетињасто и сједе поред њега.

Воја се замишљено чешао по сивој, густој бради, те задовољно промрља:

— Тачно Саро, тачно. То си тако лепо рекла! Изгледа као неко ко има будућност.

Воја зазвиждука своју омиљену пјесму и крену још јаче укуцавати ексере. Обнова некадашњег љепотана је увелико кренула.

— Е сад бих могао попити кафу — рече отварајући торбу и гласно се насмија при погледу на Баронов забуљен поглед, који је очито очекивао неки залогај припремљен за њега.

Сједе на пијесак крај Саре, па спусти длан на њену косу, помилова је и одједном узвикну:

— Саро, знаш ли ти уопште ко је био Сантјаго?

— Сантјаго? — замишљено понови. — А зар није наш чамац, је л'? — упитно га погледа као да игра неки квиз.

— Не! Не мислим на чамац. Питао сам знаш ли ко је био Сантјаго?

— Искрено, не знам.

— Који си ти разред?

— Пети разред ћу бити ове године. Зашто?

— Аха, па не знам да ли сте имали за лектиру књигу *Старац и море*?

— *Старац и море*? — обузета размишљањем промисли. — Нисмо, а није нам најављена ни ове године!

— Па, добро. Вероватно је то за старије разреде. Књигу је написао Ернест Хемингвеј, амерички писац и новинар. Док правимо паузу, могао бих да ти започнем радњу романа, а уз рад ћу ти сву судбину Сантјага испричати!

— Баш бих вољела да чујем. Иначе, уживам у причама. Било да их неко други прича или да их сама читам. Молим Вас, причајте ми, спремна сам за пажљиво слушање — ослони се о чамац, па рукама и погледом скрену пажњу да се сва претворила у ухо.

— Па, видиш — одмотавајући сендвич, Воја започе излагање — овај наш Сантјаго из приче није никакав чамац, већ заправо стари сиромашни рибар који је живео у околини Хаване на Куби. Радња се дешава око 1950. године у заливу Атлантског океана, куда пролази Голфска струја. Хемингвеј је био заљубљен у Кубу, и једно време и сам живео на њој, па је могуће да је познавао неког сличног рибара. У роману Сантјаго је старац који осамдесет четири дана није имао никакав улов. Нити једну једину рибу није донео кући, па су људи из рибарског села поверовали да је уклет. Имао је, баш као и ја тебе, малог другара Монолина. Дечак је волео старца, од кога је научио много о рибарењу и чуо прегршт лепих прича. Али, родитељи су дечаку, након четрдесет јалових дана, забранили да убудуће рибари са уклетим старцем. Чувши то, Монолино је покуцао старцу на врата потиштен и тужан — настављао је причати Воја, повремено гледајући Сару, која је помно, без иједног трептаја ока слушала. — Скувао је старцу кафу и снужден пренео забрану својих родитеља да иде са њим у риболов. Сантјаго се сложио са тим да треба да буде послушан и пожелео му срећу на другом чамцу. Будући да је дечак много волео старца, наставио је да га обилази. Сантјаго се присетио како је дечак имао свега пет година, када се први пут отиснуо са њим на море, и како им велика риба умало није поломила чамац, ударајући репом о унутрашњост. Било му је драго када је чуо да се и дечак сећао тог догађаја, али и свега што је са старцем проживео. Манолино је бринуо што је његов стари другар гладан, доносио му доручак и вечеру, и саветовао га је, као што мајка саветује дете, да мора да једе како се не би разболео. Та нежна дечакова брига била је веома дирљива старцу. Дошао је и септембар, право време за риболов. Видевши да се Сантјаго спрема у рибарење, Монолино га је замолио да га пробуди пре него се отисне на море. Тако је и било. Дечак му је тада дао мамце које је ухватио дан пре. Поздравили су се и свако је кренуо својим путем. Старац је био сам у чамцу, па је имао времена да размишља о свему, док риба не загризе. У мислима је море упоредио са женом, која даје или ускраћује своју нежност. Уколико је море олујно или пак мирно, то је његова ћуд коју прихвата само зато што је то тако и другачије и не може бити. Уроњен у додир са природом, посматрао је птице које прелећу небо и спуштају се по свој залогај до површине воде, кратко заронивши главу и односећи свој улов у небеске висине. Посматрајући игру птица, веома се узбудио. Дугогодишње искуство га је упутило на закључак, да је птица која је упорно кружила око чамца, сигурно угледала велику рибу. И заиста, убрзо је уловио већу рибу коју је оставио да му послужи као мамац — прекину Воја препричавање, усправивши се и узевши поново алат у руке.

Сара се прену из дубоке пажње и изненађено га погледа.

— Малена, време иде. Морамо да завршимо овог нашег Сантјага, да не заврши тужно као старац...

— Причајте ми и даље, чика Војо, молим Вас, све ћу Вам помоћи. Само покажите шта да додам, али немојте прекидати причу. Толико желим да сазнам шта се даље десило.

— Тако је наш старац рибу оставио на удици, и поново је вратио у воду, да би му послужила као мамац — наставио је Воја, док је пажљиво поправљао чамац.

Причао је да је Сантјаго веома жалио што је тако поступао према рибама, али оне су му биле храна и опстанак.

Сликовито је описао тренутак кад је велика риба загризла мамац и борбу Сантјага са њом. Сара је напрегнуто слушала о жеђи старца, о његовим длановима нажуљаним канапом, о умору и чежњи за Манолином. Посебно ју је дирнула прича о ухваћеном пару риба, женки и мужјаку, и како мужјак никако није напуштао женку, све док је старац није усмртио и извукао. Мужјак је ризиковао да и њега усмрти, али је ипак Сантјаго усмртио женку, а њега вратио у воду. Воја је поменуо да је старац схватио да и животиње воле као људи, па је наставио причу о даноноћној борби, узалудној нади да ће се риба уморити и обећању да ће уловити велику рибу. Готово са усхићењем дјетета, сликар је описао тренутак кад је риба изронила.

— Била је огромна, и несрећно се отимала и трзала главом час у једном, час у другом правцу, и на тренутак је све наликовало неком дивљем, самртничком плесу — говорио је Воја, заборавивши у том тренутку на поправку чамца. — Била је то битка за живот. Насупрот њеном положају, старац је задивљено проматрао ту огромну појаву, уочавајући у свом заносу сваку шару и боју. Пресијавала се на сунцу њена плаво-љубичаста боја, док је на боковима имала две дуге шаре, које су се спуштале до самог великог репа. Чудесно је изгледала тако лепа и несрећна, осуђена на смрт. Имала је дугачак, оштар кљун, који је подсећао на сабљу. Као да је изронила, таман толико дуго да је може осмотрити и задивити јој се, или се можда чак и сажалити, па се вратила у воду, једнако неочекивано како се и појавила. Тада се и Богу помолио да је савлада.

Воја се пренуо, прионуо на посао и мирним гласом наставио да прича о даљој борби рибе која се борила за живот, и старца који је њој желио да одузме живот, како би побољшао свој углед међу комшијама.

Сара је то слушала жалећи и рибу и старца, али се на помен мањих риба које је Сантјаго успут ловио и јео мало намрштила, као да нешто размишља.

Њено лице попримило је ужаснут израз, када је Воја описивао како је старац свом снагом зарио харпун испод леђног пераја право у срце сабљарке, и како се она болно извила и крвљу обојила цијелу површину воде!

Воја је замолио Сару да му дода нешто од алата, па прешао на причу о старчевој побједи. Говорио јој је да је старац подигао једра, као кад побједници у великим ратовима подижу једра на својим бродовима, и да се полако упутио ка обали. Причао је да је старац био веома измучен и уморан, али и да га је бодрила мисао како ће добити више новца, него што сви рибари зараде за цијели мјесец. Поменуо је и сјећање Сантјага на велику побједу у обарању руке, али и напад ајкула које је привукао мирис крви. Страсно је описивао новонасталу борбу, комадање и нестајање старчевог плијена, као и његово кајање што није пустио сабљарку.

— Када се коначно нашао у луци — завршавао је Воја причу бришући знојаво лице подлактицом десне руке — осмотрио је свој плен, и уместо онако меснатог и прелепог тела огромне рибе, угледао је избочену голу телесину која се беласала на светлости, час клизећи по површини воде, час приказујући своју голотињу, са избоченим великим ребрима, као неким огромним копљима. Једино је дуги реп био читав, и глава која је некако штрчала наспрам те белине, и чинила се неприкладном, као туђом, на некада снажном рибљем телу. Сабља која се протезала од њених великих уста, изгледала је као избијен мач. Без оне лепоте и снаге, сада је наликовала на израњавано и разбијено тело војника, који је часно изгубио живот борећи се до посљедњег даха. Немајући снаге ништа да осети, једва се довукао до своје собе и обучен чврсто заспао. Ујутро је Монолино задихан утрчао у старчеву собу и заплакао видевши његове руке које су указивале на сву очајну борбу, и тежину битке коју је водио два дана и две ноћи. Трећег дана увече је стигао само са костуром рибе. А доле у луци, мештани окупљени око тог костура премеравали су по ко зна који пут његову дужину, и водили расправе око количине меса на телу од шест метара. Причали су о његовој борби са рибом и ајкулама. Сантјаго је главу рибе одлучио поклонити Федерику за мамце, а Манолину је дао сабљу рибе. Након кратког разговора са дечаком, поново је уморно утонуо у сан. Сањао је лавове, а дечак прижељкивао нове авантуре са његовим вољеним старцем Сантјагом.

Воја је завршио причу и загледао се у Сару. Дјевојчица је објема рукама брисала уплакане очи.

— Зашто плачеш? — упитао је изненађено, посматрајући њене отекле капке. Схватио је да већ дуже плаче.

— Ја, ја уопште не знам зашто је живот тако окрутан и зашто човјек мора бити тако страшан? — кроз болне јецаје испрекидано је говорила Сара.

— Хеј, па ти онда ниси схватила причу, малена. Није овде нагласак на риби, већ на старцу. Не чини ли ти се јак и моћан?

— Мене је овдје нешто друго потресло. Сантјаго се борио како би убио неког, а риба се борила за свој живот и да се врати у хладне дубине океана. Тамо су је можда чекали њени малишани. И она је нечија мама. Сјећате се када сте испричали како је Сантјаго као младић уловио неколико риба, како мужјак није желио да остави женку. Видите да и код њих влада закон љубави. И њих вреба смрт и њихов живот обиљежава љубав, рађање и умирање. Шта је ту другачије него код људског рода?

Воја затечен Сарином анализом и јасним ставовима, пође нешто да каже, али она непрекидно размишљајући, само настави:

— Ја сам из ове приче извукла тужну поуку коју овај живот носи.

И даље изненађен, Воја сметено промуца:

— Какву поуку, Саро?

— Извукла сам поуку колико је све пролазно и узалудно. Заправо да се боље изразим, колико је наша јурњава и борба бесмислена. Јуримо за послом, новцем и додатним радом, да што више згрнемо себи, успут се боречи са разним завидљивцима и непријатељима, баш као што се Сантјаго борио са ајкулама око његовог плијена. У тој борби пролазе дани и године, а ми пред собом не видимо ништа сем тог зацртаног материјалног циља. Многи нас попут рибе моле да обратимо пажњу на њих и помогнемо им, будемо милостиви. Али жудња за славом и дивљењем околине јача је од било какве људске самилости. Потреба за доказивањем и та испразна гордост, донесе са собом много рана. Зар Сантјагове руке нису биле израњаване и раздеране? Зар то није приказ свог људског бесмисла? Што већи и што бољи залогај узети за себе!

Воја није очекивао овакав разговор. У Сари је видио једну љупку дјевојчицу, очекујући размишљање својствено дјеци њене доби. Наспурот томе, Сара је била оштроумна и врло аналитична, са срцем чистим као кристал. Сјетио се тада Свјетлане. И она је била таква. Оштроумна и аналитична. Али је причу, ипак другачије тумачила.

Затечен Сариним ријечима, образлагао је свој став:

— Саро, мислим да превише лично схваташ ову причу. Сантјаго је заправо изнео победу над сваком слабошћу. Он је приказ снаге над слабошћу.

— Какве снаге над слабошћу? — пресјече га Сара.

— Зар није био слаб, стар, и уз то сиромашан и већ изгладнео, у оним јаловим данима када није имао никакав улов. Ништа му није било наклоњено. Ни године, ни старост, ни неспавање, ни онолико велика риба. Изнео је величанствену поуку да човек све може, ако је довољно упоран и довољно истрајан. Ако верује у себе, нема те препреке која може да му стане на пут. Није ли тако? — упита Воја.

— Тако гледајући, Ви сте у праву. Али, не бих уљепшавала стварност. Сантјаго је био алав. Зашто је морао да се бори три дана са рибом, мучећи и себе и њу? Умјесто тога могао је пустити да му побјегне, а ухватити довољно риба које је и сам јео, чекајући да се његов плијен умори. Количина рибе коју је користио за мамац сабљарки, била је сасвим довољна да преживи. Могао је више зарадити да се задовољио већим бројем ситнијих риба, него желећи велику сабљарку, чији је само костур донио.

— Аух, Саро! — задивљено узвикну Воја. — Најмање сам након ове приче очекивао овакав дијалог са тобом. Ти си мене и запањила и одушевила. Ипак, мораћу се вратити оном твом запажању да је требало вратити рибу у океан, јер је и она нечија мама и има своју децу.

— Да? — Сара га погледа оштроумно.

— Па, не мислиш ли да су и то нечија деца, коју тако олако нудиш Сантјагу, наместо твоје „миљенице" сабљарке?

Сара се видно узнермири и на тренутак је обузе збуњеност.

— Па, видите, овако ја то сагледавам. Кроз живот имамо разне понуде. Судбина нам много тога шаље. Веће и мање дарове, губитке. Али, ако будемо јурили за том великом животном наградом, тим бингом који се једном добија, не само да можемо остати празних руку, већ и празног срца. Не мислим да разбијам мит о Сантјагу. Свако га је доживио на свој начин, и може се баш разнолико тумачити, али ја кроз приказ његове борбе видим поруку да алавост не води ничему. Опет је на истом. Нема ништа као што није имао ни пред одлазак на пучину Атлантског океана, са малом разликом што ће мјештани о њему причати неколико дана, док се све не заборави као да се никада није ни десило. Он је можда лик, који се одважно и мукотрпно борио за свој циљ, у његовом случају рибу, али та борба је остала јалова, празна и бесмислена. Мале и веће рибе су му могле донијети више задовољства, времена и новца. И са њима је могао повратити самопоуздање, није му за то био потребан капиталац!

Воја је замишљен и озбиљан ћутао.

— И даље мислим да си ти превише лично схватила ову причу. Жао ти је рибе. Пребацила си њу у свој лични доживљај човека. Као да је човек страдао. Али, знаш ли да је Бог све подредио човеку? Сваку травку, биљку, животињу, сваку твар да му служи. Прича једнако показује и суровост у свету великих. Увек су велике рибе јеле мале рибе, и тако преживљавале. Увек су велики у позадину гурали мале. Такав је закон опстанка. Како у животињском, тако и људском животу. Мораш ојачати. Ако не ојачаш, снажнији ће појести тебе. Не вреди да патиш због неумољивости природних закона и поретка у природи. Једнако можеш гледати и на оне мале рибе као на нечију децу и патити за њима, па напослетку рећи како су острвљани зли и нефер. А они се само боре за свој опстанак. Да прехране себе и своју децу, и зараде неки пезос за њихово школовање, како би им омогућили светлију и бољу будућност од свакодневице коју имају. Твоје побуде јесу племените, твоје размишљање веома дирљиво, али живот има своје законе и ми ту ништа не можемо.

— Ако живот има своје законе, то исто има и љубав. А ако је живот без љубави, имамо ли право уопште да тврдимо како живимо вриједне животе? Имамо ли?

— Саро, од свега сам најмање очекивао овакав дуел. Ти си невероватна девојчица. Могу ти рећи да се слажем са тобом. Живот без љубави не вреди баш ништа.

— А живот без самилости? — запита Сара.

— Па, рекао бих да је самилост неодвојиви део љубави. Љубав је као највећи извор из које произлази и остало: милосрђе, саосећање, сажаљење, самилост. Видиш ли ти још честица од којих је сачињена љубав? — упита Воја.

— Храброст, одважност и радост.

— Храброст и одважност? Хмм. Да ли си баш сигурна да је то састав љубави?

— Како није, чика Војо? Да мајка нема љубави за своје дијете, не би имала ни храбрости да га одбрани. Колико је мајки скочило у воду да извуку своје дијете које не зна да плива, а и саме су непливачи. Љубав им је дала ту храброст. И када успију да спасу своје дијете, тек онда схвате да не знају да пливају. Колико љубави је потребно да би се издвојила одважност, када станемо у одбрану слабијег, или чак положимо живот за некога?

— Заиста велика, Саро. Све је то тачно, а ти си једна девојчица пуна љубави. И то, знаш колико љубави! Са свим честицама које су утиснуте у њу. Ох, колико је већ сати? Сунце скоро залази, а ми смо тако мало урадили око „Сантјага”. Мама ће се можда љутити или забринути. Да кренемо са распремањем алата? Наш чамац је макар закрпљен и поправљен. Сутра следи подмлађивање и улепшавање. Да ли се слажеш?

— Слажем се — спремно одговори Сара, претворивши се већ у раздрагану дјевојчицу, спремну за игру и радост.

Покупила је алат хитро и запутила се у колибицу, док је за њом ишао Воја, носећи теже ствари и кутију са ексерима.

— Да однесемо твојој мајци змаја? — упита весело.

— Него шта, чика Војо. Како мислиш да се оправдају оволики проведени сати ван плаже? — слатко се насмија и повуче свог змаја за узицу, као неки сјајан и велики трофеј.

— Морам ти признати да си ти чудесна девојчица — рече Воја и пружи корак трудећи се да је прати у стопу. Змај се вијорио на небу. Био је то прави симбол слободе и личног успјеха.

XXX

— Мамааа — задихано и узбуђено је викала Сара, приближавајући се Ради, која је опуштено чаврљала са женом поред своје лежаљке. — Види шта ти доносим — викну Сара мајци, узбуђеног и озареног лица, због ишчекивања оцјене њеног змаја, док се он лагано њихао на повјетарцу, налик плесачици, која изазива дивљење спретним плесним корацима.

— Какав лијеп змај — гласно је одала признање жена поред Раде. — Где сте купили овакав красан примерак?

— Госпођо Агота, ово је моја кћерка Сара, а ово је господин о коме сам Вам говорила ових дана. Он је подучава сликању — рече Рада показујући руком на Воју, који им се приближавао.

— Војислав — представи се Воја, пружајући руку госпођи Аготи и насмијеши се љубазно. — Змаја смо нас двоје направили, тачније Сара је правила, а ја сам тек мало помагао. Колорит и читав изглед са шарама је њена идеја — са нескривеним ужитком додаде, очито врло задовољан својом ученицом, па погледа дјевојчицу која је усправно за узицу држала змаја, уживајући у дивљењу својој рукотворини.

Змај је привлачио све више погледа, и неколико мале дјеце се окупило око Саре. Скакутајући су одавали усхићење и задивљеност, вукући родитеље за руке и молећи за истог таквог змаја.

— Саро, изгледа да смо много пре него што смо очекивали, добили оцену за наш рад. Да се удружимо и правимо змајеве за сву ову дечицу? — од срца се насмија Воја, посматрајући зајапурено лице своје мале ученице.

Змај је за мање од сат времена постао атракција на плажи, и сви су прилазили да питају гдје може да се купи исти такав примјерак.

— Господине, да ли желите кафу? — упита госпођа Агота Воју, кога су замолили да сједне и придружи им се у разговору, док се Сара шепурила плажом са својим змајем.

— Хоћете ли да ја одем по кафу? — спремно одговори он, очигледно обрадован понудом коју није желио одбити.

Радо је користио тај напитак, и то само пар шољица дневно, али је баш истински уживао густирајући га.

— Ако Вам не смета, имам у термос боци свеже скувану, некако више волим кафу кад је ја скувам — рече Агота, чекајући одговор.

— Може, радо ћу попити кафу са вама двема — опуштено рече, и намјести се на пијеску уживајући у његовој топлоти.

— Причала ми је госпођа Рада о Вама, колико сте пажљиви према Сари, и сваком младом човеку који Вам се обрати. Да ли бих могла да Вас питам, како је најбоље да се моја кћерка припреми за пријемни испит из архитектуре, који полаже идуће године?

— Не знам шта на архитектури поред теста општег знања траже, и какве ликовне изразе захтевају, али једно је сигурно, уколико се буде вредно припремала и веровала у свој рад, неће бити проблема око уписа.

— Знате, господине Војо, она је врло талентована рекла бих, али и веома уплашена. Некако она мање верује у себе, него муж и ја у њу.

— То је мањи проблем уколико заиста има таленат, али је врло важно да јој и Ви дате подршку да одстрани непотребну и штетну сумњу.

— Јој, нас двоје јој стално говоримо како лепо црта, али се она увек нешто плаши. Како бих волела да је сада овдје са нама, па да мало поразговарате са њом — рече разочарано жена и отпи гутљај кафе.

— Па чекај, ви сте близу — умијеша се Рада. — Можда би могла са Војом да договориш часове сликања за твоју Ерику?

— Како мислите близу? — упита Воја и погледа видно освјежено Радино лице.

— Рекосте да живите на периферији Новог Сада? — погледа га упитно Рада.

— Није могуће, господине Војо — узбуђено се умијеша Агота. — Ми смо баш у Новом Саду, и толико бих волела да погледате радове наше кћерке и да поразговарате са њом. Ерики је архитектура сан од малих ногу. Не бих желела да њен први озбиљнији животни корак буде обележен падом. То би њену ионако несигурну личност, потпуно дотукло. Да ли бисмо се супруг и ја могли са Вама договорити око часова, молим Вас? Толико смо дуго размишљали да ангажујемо неког сликара, али све се само задржавало на идеји. Од госпође Раде сам чула колико сте диван педагог, а видим и по њеној девојчици и овом узорку змаја. Ништа даље ми није потребно — заврши Агота, прижељкујући потврдан одговор.

— Па, искрено нисам никада припремао ученике за архитектуру — несигурно одговори Воја — али, ако баш желите можемо се договорити да дођете код мене кући са мужем и кћерком, па ћемо за даље видети. Треба да погледам њене радове и да поразговарам са њом. Знате, таленат није увек пресудан. Упоран рад и жеља надокнађују многе празнине. Јесте ли сигурни да она жели тај факултет, а не Ви?

— Како то мислите? — изненађено га упита Агота.

— Немојте се љутити, али кроз моју дугогодишњу праксу и животно искуство, виђао сам свакакве ситуације. Колико родитеља несвесно улије личне амбиције својој деци, која не смеју или не знају да се одупру томе. И промаше. Не само лични позив, већ и драгоцено животно време проћердају, незадовољни радом који нису желели.

— Схватам Вас, али када будете упознали нашу кћерку, видећете колико изгара да буде архитекта. Нас двоје се не мешамо у њен избор. Важно нам је да она буде испуњена — додаде мирним тоном госпођа Агота и загледа се у Сариног змаја, који је вијорио небом попут побједничке заставе неке војске.

— Где Вам је муж? Требало би чути и његово мишљење о овом договору.

— Данас одмара у соби. Баш и није неки љубитељ плаже. Свратиће на купање мало касније, па ако будете ту, да се упознате.

— Искрено, кренуо бих већ сад у свој хотел. Ишао бих и ја да се мало одморим у хладовини. Даћу Вам свој број телефона, па упишите ако будете желели да се нађемо у Новом Саду. Ја убрзо идем назад кући, не верујем да ћемо се поново овде срести — рече Воја и издиктира број телефона жени.

Договорили су још неке детаље, и он се опрости од њих двије. Са Саром је још кратко поразговарао и лежерно јој махнуо, удаљавајући се ка свом хотелу. Дан је одмицао у пријатном дружењу и расположењу. Пред сам залазак сунца, плажа се празнила, те Рада зовну Сару да спакују своје ствари и упуте се у хотел на вечеру. Искрено се дивила љепоти змаја, кога је Сара тако славодобитно вукла узицом по ваздуху.

— Идемо Саро, у собу. Твој змај је привукао велику пажњу, па се и не чудим колико се људи окупило око тебе. Сјајно сте то обазили. Него, јеси ли знала да Воја брзо одлази кући? Како сам схватила, кад се обраћао госпођи Аготи, он ускоро одлази. Колико брзо је то, знаш ли?

Сара је изненађено погледа и разочарано промрмља:

— Нисам знала да иде. Чика Воја ми није ништа о томе говорио. Надам се да ћемо успјети завршити још нешто што смо договарали — замишљено рече.

— Шта сте сад договарали? — знатижељно је упита мајка и одмахну руком и не чекајући одговор. — Вас двоје сте баш окупирани сликањем. Али могла би још неки пут да се окупаш у мору, Саро. И ми идемо за неки дан, ако си заборавила.

Сара се замишљено смијешила вукући змаја као неки шарени облак, успут маштајући о чамцу који ће сутра обојити.

Паде јој на памет старац Сантјаго и његова сабљарка, па тужно преприча мајци радњу романа и њен доживљај Хемингвејевог дјела.

Рада је ишла у корак са кћерком, уживајући у чињеници како је брзо израсла, у готово младог и озбиљног човјека.

XXXI

— Мама, данас чика Воја и ја треба да урадимо један велики подвиг. Када завршимо, зваћемо те да видиш — раздрагано је објашњавала њихов план, гурајући сендвиче и сокове у торбу.

— Хајде, па од сутра немој више да сметаш Воји. Срамота ме, колико ти се посветио. Човјек би можда хтио имати времена за себе. Видиш да је јуче отишао у собу, након што се опростио са нама. Нема смисла сметати толико, човјек мора да има неку мјеру.

— Ма, он, мама, ужива у томе, вјеруј ми — весело је убјеђивала Сара, отварајући врата и поздрављајући се са мајком. — Отишла сам, мама, зовемо те данас да видиш наш рад — весело махну и већ стрча низ хотелско дугачко предворје.

— Погледај како смо га ојачали и поправили — задовољно је прокоментарисао Воја, опипавајући чамац са сваке стране. На лицу му се видјело задовољство и радост. — Добро је што смо га оставили преко ноћи да се осуши, да имамо прави увид у његову чврстоћу. Још неколико ексера ћу додати, и једну металну плочицу коју ћу закуцати у ону шупљину на боку, па ће бити потпуно опорављен. Након фарбања ће постати миљеник плаже. Сигуран сам у то — чешљајући руком браду, весело се осмјехну и тобоже заповиједи Сари: — Шта чекаш, малена, на посао!

— Разумијем, гос'н капетане! — раздрагано се огласи дјевојчица и љупко подиже руку ка глави, салутирајући у знак одобравања. Настаде весела Сарина цика која је пратила Војин рад, Бароново трчкарање около и укуцавање посљедњих ексера.

— Е, тако! Сад би можда поново запловио, колико смо га учврстили — озареног лица Воја је посматрао чамац, размишљајући у какво рухо да га обуку. — Припремио сам нам хладне сокове, а онда крећемо у облачење нашег младожење — потапша руком Воја широки бок чамца, те се Сари учини да поред себе гледа неког свог вршњака.

Пружи му хладан сок, и његово заразно задовољство пређе и на њу. Док су са ужитком пијуцкали, живахно је објашњавала приједлоге како да га обоје.

— Додај ми белу боју — посвећено је прелазио преко чамца, а Сара је срећна помно пратила начин фарбања дрвета и повремено давала своје предлоге. — Па, чини се девојчице, да је наш лепотан врло, врло близу да се од ружног пачета претвори у лабуда! — ускликнуо је у стваралчком заносу, одмичући се и проматрајући онај некадашњи, стари рибарски брод.

Сара је, са исте удаљености, задивљена и ганута гледала старог „Сантјага”, који више није наликовао оном одбаченом и усамљеном тужном бродићу. Био је то живописан и обновљен примјерак, коме је удахнут нови живот.

Опет ће привлачити пажњу и слушати неке нове приче, док у своје тијело покорно прима путнике и ослушкује њихове тајне, пажљиво чуване и скриване од ушију радозналаца.

— Мислим да можемо честитати сами себи — румен у лицу, Воја одложи четкицу и тиме заврши посљедњи потез на „Сантјагу”.

— Ваууу! — дјевојчица очарана ускликну и приђе ближе чамцу да га додирне.

— Не! — Воја успаничено викну и склони њену руку. — Заборавила си да мора да се осуши, Саро! Сав труд би нам, због једног погрешног потеза руком, могао бити узалудан. Чекајмо да се осуши — са очитом бригом и љубављу посматрао је некадашњу старину, тихо пјевушећи неку веселу мелодију. — Како ти се чини наш рад, малена?

Дјевојчица је посматрала чамац, и тај призор изазва у њој милину и свјетлост у очима.

„Сантјаго” је лежао на врућем пијеску, окренут тако да је предњи дио био изврнут ка земљи, док се дно чамца сушило на сунцу. Наликовао је на пажљиво и дуго оперисаног пацијента, коме су љекари прилазили сваки час због озбиљности операције, поносни на срећан исход захвата. Срећна и подмлађена старина, као да је сањала о новим пловидбама и љепоти морских путева, које је некада са лакоћом преваљивао. На широком трупу насликани бијели облачићи развијали су сву његову тугу, лагано титрајући попут измаглице у хладним јутрима.

Подрхтавали су на пастелноплавој боји, која се дјелимично провлачила дуж широког дијела чамца и додавала читавом изгледу неку тиху љепоту. Златне сунчеве траке су ненаметљиво искриле и расипале свјетлост, као неку добру вијест у суморном дану. Због те сјајне свјетлости, изгледао је озарено и разбуђено, титрајући радосном надом у нови почетак, која се напросто преносила и на посматрача. Испод облака, галебови са рибом у кљуну протезали су своја дугачка крила, дјелујући опипљиво и јасно, као да су се спустили на широки трбух чамца да направе предах за ручак. А испод тог „небеског” призора су огромне, као одваљене сивобијеле стијене, на којима неким чудом зелено дрвеће опстаје. Оне су заробиле морско плаветнило, на коме се љушка рибарски чамчић. Какав је то био призор на отписаном и неупотребљивом дрвету чамца! Дах обновљеног живота над замрлим и утихлим тијелом. На себи је имао лични портрет некадашњег живота, када бијаше некоме потребан и важан. Оваквог стварног и трајног га нико никада није упознао! Биће посебан чамац, какав се још није појавио на овим морским даљинама и дубинама. Трајан и важан, овјековјечен фотографијама на чијем тијелу ће се смјењивати и смјењивати дјеца, госпођице, заљубљени и стари, желећи да са собом понесу парче његовог постојања!

— Чика Војо, као да сте кистом исписали бајку о старом и заборављеном чамцу. Тако сам срећна што сам дио ове љепоте. Желим да овјековјечимо овај тренутак. Приђите да нас фотографишем — веома узбуђена прошапта вадећи телефон из торбе.

Направила је десетак фотографија како самог „Сантјага", тако и њих двоје са овим чудесним остварењем.

На појединим фотографијама искакала је Баронова њушка са исплаженим језиком, или крупне, округле очи које одано прате једно од њих двоје.

— Вредело је, малена, све ово време проведено крај његовог одбаченог тела. Вредело је и овог бола у кичми — насмија се задовољно, чинећи неколико вјежби истезања, како би бол у доњем дијелу леђа уминуо. — Сећаш ли се шта ти скоро рекох о мисији човека? Причали смо о завршеном заједничком путовању и окончаној стази на коју нас живот доведе — замишљено проговори, посматрајући чамац у новом руху који је дочекао свој тренутак славе.

— Сјећам се када сте говорили о смислу људског живота.

— Тако некако, Саро. Тако некако — тихо проговори, па живо додаде — видиш како сад „Сантјаго" блиста. Некога ће усрећити и донети му лепе тренутке које ће заувек сачувати. То ће овај чамац чинити још лепшим и значајнијим. Тако и човек треба да изгледа попут њега. Увек спреман да некога усрећи и улепша му, макар накратко, животне тренутке — помало са тугом се осмјехну, док је руком прелазио преко своје косе свезане у дужи реп.

— Јесте, то сте баш лијепо рекли, чика Војо. Него, чула сам да сте јуче рекли госпођи Аготи како нећете имати времена да видите њеног мужа. Значи ли то да и Ви идете кући ускоро? Мама и ја смо овдје још три дана. А Ви, колико још остајете? — упита га не скидајући задовољан осмијех са живописног чамца.

— Човек иде када више нема разлога остати — тајанствено одговори и зашута.

— Како то мислите? Нисам баш схватила шта значи то да немате више разлог остати — начини знатижељан израз, посматрајући његово лице.

— Просто је, Саро. Нема ту никаве мудрости. Све има своје време и свој завршетак. Када се све то поклопи, човек иде даље.

— Нека нова мисија — ускликну Сара и не схватајући колико је била близу истине.

— Хмм, баш тако — задовољно се насмија Воја и настави. — Мислим малена, да је за данас наш задатак успешно обављен. Нека се наш лепотан суши, а ми се поново видимо на овом месту сутра поподне. Јутро желим да проведем у тишини поред „Сантјага”. Да ли се слажеш?

Сара се постиђено осмјехну, мислећи да је ипак почела сметати, па климну главом.

— Наравно, чика Војо. Не морамо сутра ни да се видимо. Одмарајте.

— Не, не. Пре подне ће ми бити сасвим довољно. Само ти дођи сутра у ово време. Видимо се око два сата. Стави шеширић због сунца. И, да! Поведи и маму да чујемо њено мишљење о нашем уметничком делу — помилова је по коси и поче скупљати прибор.

Сари ипак није промакао неки сјетан израз у његовим очима и гласу.

— Хоћу, чика Војо. И, знате шта? Нећу јој показивати данашње фотографије, како би изненађење било још веће — изговори то као да даје неки важан завјет. Удаљавајући се, окрену се неколико пута и махну, посматрајући призор обновљеног чамца и сликара, који као да су искорачили са великог и живог филмског платна.

XXXII

— Баш сам се искупала — промрмља Сара и узе пешкир да просуши дугу смеђу косу.

— Нека си вала, остала данас на плажи да се онај човјек одмори од нас — проговори Рада, намјештајући главу сунцобрана како би их заштитила од сунца.

— Заправо, нисам ти рекла да имам договор да у два сата одем до чика Воје са тобом, да видиш наше изненађење — брзо додаде дјевојчица, помало се снебивајући и плашећи се мајчиног негодовања.

— Не можеш ићи данас Саро, никуда! Нека се човјек један једини дан одмори, без нас!

— Али, мама, рекао је да обавезно дођемо. Не бих жељела да слажем, обећала сам да ћемо доћи.

— Зашто си се у моје име договарала, Саро? Треба да се видим са госпођом Аготом, сутра путују кући. Немам времена да идем никуда са плаже — прекорно је погледа, помало се љутећи због кћеркиног обећања. — Реци чика Воји да ћу доћи чим сунце буде мало слабије — напослијетку додаде, гледајући у разочаран израз Сариног лица, потпуно слаба на ту њену реакцију.

— Хвала ти, мама. Видјећеш да ће се исплатити твој долазак. Видјећеш нешто најљепше, нешто што до сада ниси видјела — занесено додаде и Рада се насмија тој дјетињастој тврдњи.

— Нешто што до сада нисам видјела? — понови опонашајући њено узбуђење. — Хајде да видим и то чудо невиђено — ведро одговори милујући је по коси. — Не заборави ставити шеширић, видиш колико је јако сунце — поново је Рада упозоравала Сару. — Лијепо ти стоји. Хајде сад полако, и поздрави чика Војy. Доћи ћу чим се поздравим са госпођом Аготом и однесем ствари у нашу собу.

— Хоћу, мамице — раздрагано ускликну Сара, већ се удаљавајући и журећи ка колибици.

— Чика Војо, чика Војо — усхићено је дозивала његово име, задовољно посматрајући живописан чамац, и осјећајући велику радост при помисли да је у овом добром дјелу и сама учествовала.

— Долазим! — довикну Воја и додаде: — Буди код чамца, брзо ћу ја! Након неког времена, Сари се учини да предуго чека. Ни Барон је није дочекао. Било јој је чудно, али је лијепо васпитање задржа на мјесту на ком је уживала у призору њиховог умјетничког остварења. Недуго затим, појави се Воја, обучен у свијетле фармерке и поло мајицу беж боје.

— Први пут да нисте обукли бермуде — запази Сара његов начин облачења и зачуди се. — Зар вам није вруће?

— Мама није дошла?— помало разочарано упита прескочивши одговор на њено питање.

— Рекла ми је да Вам пренесем, доћи ће док се поздрави са госпођом Аготом и однесе ствари у хотелску собу — одговори дјевојчица, осјећајући да је њен чика Воја некако другачији.

— Па Саро, види — озбиљно и готово тужно додаде — волео бих да сам видео и маму, али не мари. Не удешавамо ми ништа, већ се све уређује онако како мора — погледа дјевојчицу, задржавши поглед на њеном лицу.

Сара тек тада примијети да све вријеме у руци држи нешто налик повећој фасцикли, па сметено промуца:

— Чика Војо, јесте ли добро? Некако сте чудни — скоро забринуто погледа у његово препланyло добродушно лице, и запази у очима неку дубоку тугу.

— Добро сам малена, добро сам. Остварење наших малих снова се десило пред нама двома. Ја велики сањар, ти мала девојчица са одважним жељама, носићемо радост у себи и сијати куд год да идемо. Неко једноставно има мисију да разноси добре вести, а то смо ми! Замисли колико ће непознатих људи усрећити овај наш „Сантјаго", у кога смо обоје утиснули траг ове наше љубави. Људи попут нас двоје мењају свет наболе. Извлаче осмехе са тужних лица, и чине свакодневна мала чуда онима који су заборавили да сањају. Веруј малена, сваки дан веруј у чуда, и не затварај врата сновима која ти покуцају на врата срца. Захвалан сам животу што ми је послао девојчицу попут тебе, и мноштво младих бића које сам сретао у животу. Сви сте ме обнављали и учили истинској радости, срећи и правилном сазревању. Ето, дошао је дан када морам предати нешто што припада теби! — рече и пружи онај свезак који је Сара малоприје примијетила. — Ово је припадало твојим сестрама. Ту ћеш пронаћи размишљања њих две, њихове песме, и једну занимљиву причу. Знаш, тог давног лета, имали смо импровизовану летњу позорницу, и њих две су са многим девојчицама и дечацима, углавном мештанима Мељина, изводиле своје замишљене представе и размишљања о животу. Ту причу коју ћеш пронаћи под шифром, јер смо тако организовали извођење, како бисмо погађали који је чији рад, написала је Свјетлана. Мислим да дуго пре тога нисам прочитао ништа лепше и занимљивије. Имала је тако живу машту, а њене представе биле су пуне добрих и лепих ликова. Била је чудесна девојка, насмејана и озарена лепотом, која је блистала на светлу дана. Предајем ти ове њихове рукописе — тихо додаде Воја, пружајући Сари плави кожни повез, преко кога је била обавијена црвена сатенска трака.

На Сарином лицу се појави бљедило, које је избијало упркос тамној морској боји. У дрхтаве дланове прими кожни повез, и прислони га на образе низ које су клизиле вреле сузе. Воја се удаљавао, остављајући је њеним ускомешаним мислима. Барон је лијено вртио репом, пратећи у стопу свог господара. Не зна колико дуго је тако сједила, држећи на грудима прислоњен тако неочекиван и драгоцјен дар.

Кад ју је глас њене мајке вратио у стварност, она клонуло устаде, правећи неколико неодлучних корака.

— Шта је ово? — узбуђено упита Рада, прихватајући свеску.

Неким чудним мајчинским инстиктом, осјећала је да је ово посебан тренутак.

Један од оних неочекиваних и крупних доживљаја који потресу читаво биће.

— То је глас њих двије, мама. То су пјесме и приче мојих сестара, које су писале док су биле на љетовању у Мељинама. Као да су дошле да ме пронађу и поздраве, на истом мјесту на коме су и оне биле прије много година.

Рада нагло отрже свезак, у коме су њене ћерке оставиле трајни отисак, спојивши се баш данас поново са њима.

— Одакле ти ово? — гласом као туђим упита Сару, притискајући свеском лице преко кога се простирала и туга и призрак милости.

— Чика Воја је сачувао и рекао да ово припада мени, и...

Не чекајући да заврши реченицу, Рада похита ка колибици да види човјека коме очито дугује толико много.

Сара, пропадајући у ситан пијесак, потрча за мајком. Врата колибице су била одшкринута. Унутрашњост је била потпуно испражњена, без сталка и свих оних ситница које је свих ових дана са Војом користила у стварању змаја и обнављању чамца.

Као у магновењу окретала се око себе, и изненада угледа слику прислоњену на дрвени зид колибице.

Приђоше наслоњеном раму и угледаше Сару поред „Сантјага”, док су је њене двије сестре међу облацима, насмијане и загрљене посматрале.

„Сантјаго” са слике био је идентичан њеном и чика Војином обновљеном чамцу. Рада рукама заклони лице и гласно заплака.

— Идем до хотела да пронађем Воју и...

— Не мама — прекину је Сара и руком задржа. — Нема потребе. Његова мисија је овдје, на овом мјесту завршена. Знаш, постоје људи који имају задатак да разносе добре вијести и скидају тугу са лица оних који су негдје успут изгубили своје снове. Један такав прерушени чаробњак је и чика Воја. Нећемо га тражити. Он је већ на неком другом путу са новом мисијом. Нама је довољно оставио — занесено рече излазећи из колибице. — Хајде мама, идемо у нашу собу да прочитамо све што нам моје сестрице шаљу.

У даљини поред „Сантјага", зауставило се неколико туриста како би се фотографисали, не слутећи да свједоче преображају туге у срећу, захваљујући једном мисионару и једној дјевојчици, која ће продужити мисију. Свој први важан задатак, већ је обавила.

ПРИЛОГ

МАТИ

Ноћас у снове неко ми сврати
и стави руку на врело чело:
„Спавај ми чедо”, рече ми мати,
„спавај ми, моја вита јело”.
Затворим очи, ал’ мати ту је,
драго ми лице к’о Сунце сија:
„Спавај ми чедо”, сан рецитује
мама је најљепша поезија.
Отворим очи, а моја вила
над мојим лицем тихо пјевуши:
„Спавај ми, чедо, жива ми била,
спавај у маминој топлој души”.
И тако свако чаробно вече
од предвечерја до уранка,
у мојој соби к’о ријека тече
мамина најљепша успаванка.

ЗЕМЉО МОЈА

Рашири руке ти, земљо моја,
загрли све своје добре људе,
пружи им хљеба, соли, спокоја
да сваком човјеку боље буде.
Подигни главу када те руше,
и кад ти срце рањено буде,
буди ми снажна и добре душе,
не плачи кад ти зликовци суде.
У теби живот нек тече к'о срећа,
нек свако има духовног мира,
нек влада љубав, нек буде цвијећа,
да нико никога никад не дира.
Нек небо буде чисто и плаво,
по њему птице нек рашире крила,
Сунце златно и искричаво,
а свака мајка најљепша вила.
Буди нам јака и буди смјела,
нек те чувају сви добри свеци,
нека те красе најбоља дјела
и буди мајка свој својој дјеци.

О БОЖЕ

О Боже, благи, како си моћан,
погледај ме када се молим,
Твоје ми молитве душу блаже,
и ја Те душом дјечијом волим.
О Боже, Твоје су моћи трајне
да сваком љубав увијек дајеш,
да сачуваш вјернике осјећајне
и да се са грешнима молиш и кајеш.
О Боже мој, молитво блага
коју говорим испред иконостаса,
у Теби је моја нада и снага,
и пут милосрђа и вјечног спаса.
Јер Ти си Боже, изнад свега,
вода и гора, птица и људи,
изнад неправди, мржњи и зала
зато нам праведно и часно суди.

ЉУБАВ

Хиљаду пута питам се ја
љубав шта је и чему служи,
да ли да неког волимо само
или је зато да се дружи.
Питаћу птице, рибе у води
да ли и оне за љубав знају,
или се све на патњу своди,
самоћу и тешке уздисаје.
Звијезде на небу да ли ће знати,
о љубави шта ће ми рећи,
или ће тек тако далеко сјати
и на другу страну побјећи.
А тако желим и тако хоћу
да подијелим са неким свемир,
и да побиједим ноћас самоћу,
чежњу и сав свој наивни немир.

Свјетлана Васиљевић

ЉУБАВ

Питала сам секу паметну и мудру
да ми каже савјет као права цура,
зашто љубав боли, зашто душу пара,
као брод на мору који љуља бура.
Она је у осмом и фолозоф прави,
насмијана, ведра и уз све то лијепа,
и да сваку тајну већ зна о љубави,
и одговор вади из свакога цепа.
И онда ми рече. „Не будали, мала,
чувај своје срце од љубавне плиме,
није љубав пиле, безазлена шала,
боље ти је учи, не играј се с тиме.”
„Е, хвала ти секо”, одговорих љута,
„не треба ми савјет од старога таје,
нека моје срце заљубљено лута,
све док љубав снажи, све док љубав траје”.

Андреа Васиљевић

СОФИЈА КОЈА ЈЕ УМЈЕЛА ДА ВОЛИ НЕТАКНУТОМ, А ДОЖИВЉЕНОМ ЉУБАВЉУ

Прича за конкурс љетње позорнице на тему „Платонска љубав"

Било је то отприлике почетком двадесетог вијека. Наравно да ја то не памтим, али бака ми је причала о том времену у коме је и она била дјевојка, баш као ја сада. Много тога у том добу је било другачије него што је данас. Кад то кажем, не мислим ни на шта друго сем на начин облачења, услове живота, друштвена правила понашања и неке обичаје, који су данас искорјењени. Што се осталог код дјевојака тиче, све је остало потпуно исто.

Дјевојке су жудиле за искреном и оданом љубављу, за мужем који ће их поштовати, домом који ће уредити по личној жељи и дубоко чезнуле за угодним животом о каквом су имале прилику само чути, од појединаца који су на неки начин имали додир са богатим људима. Детаљи које сам чула од ње, много су ми се допали. Романтика, њежност жена, укроћене страсти, прозрачна и чиста љепота лика жене, благост и суптилност које се из сваког покрета дају наслутити.

Тако доживљавам да би требало бити жена. Тајанствена и прожета унутарњом љепотом своје скромности и лаке чулности. Али са друге стране то вријеме је било веома опоро и сурово према женама. Друштвена правила су налагала да се женско чељаде не може удати, ако у кући има старија сестра која још није отишла у дом њеног мужа. Удаја млађе сестре би значила да за старију више нема шансе, нити да је ико жели! У то вријеме није било ријечи да се жена могла опирати удаји, или имати свој став у вези тога. Већином су родитељи налазили прилику за кћери, или је сам мираз диктирао каквог мужа може имати.

У мојој причи коју преносим, Софија је потицала из готово сиротињске породице. Сам отац је радио као надничар и свака даља нагађања о њиховом статусу се ту завршавају.

Мајка је готово са страхом дочекивала и испраћала сваки нови дан. Сиротиња притисла и мисли и душу, па се као таква осликала и на њихов живот.

Дом Кнежевића је имао три кћерке, а ниједног сина, што је оцу посебно тешко падало и уносило неку пригушену тугу коју није показивао пред њима. Најстарија кћер се удала у сусједно село и долазила је са мужем само о слави. Како је њен мираз био скроман, имала је срећу да се много допадала човјеку који је од ње био старији скоро двадесет година, те није правио питање око свадбеног иметка. Није била несрећна због удаје јер је вјеровала да ће се тешко удати за било кога, а отишла је у дом доста богатији него онај из кога је потекла. Остала је средња кћерка Роса, која је већ имала двадесет шест година и Софија којој је било двадесет. У то вријеме имати двадесет шест година жени никако није ишло у прилог, за разлику од овог нашег доба, растерећеног таквих предрасуда, у коме је жена у тим годинама веома млада. Насупрот тадашњим увјерењима, Роса је већ била на прагу да се прогласи старом усједелицом. За Софију је сестрин положај такође био терет и велика препрека. Чак и да се нашао мушкарац за њу, није било могуће да се уда прије сестре. Оба дјевојачка срца су жудила и патила у бескрају скривених нада и маштарења. И тако су пролазили дани и године. Прошло је још неколико зима и годишња доба су се смјењивала у њиховој љепоти љетних дана или суровости зимске хладноће, а за Росу се не нађе муж. Неколико потенцијалних прилика који су куцали на врата, имали су прохтјеве веће него што су родитељи могли испунити, и тако она напуни тридесету. Затомила је тјескобу и помисао да ће се за њу ико искрен заинтересовати. Мучило је и кидало то женску душу, али је шутјела о томе. Ускомешано срце које је цептећи разносило женске наде и чежњу, све се тише и тише чуло, и напокон умукну са слутњама. Пекло је то њу, али коме би се могла пожалити? Сестра је била у истој ситуацији, а напокон можда се и њеном кривицом, није скрасила у неки дом. Њихов отац је тешко подносио судбину кћерки, и један дан одлучи да их обавијести како ће макар Софији тражити прилику. Роса је на ту одлуку лагано промуцала, уздрхтавши од бола срца који ју је притиснуо. Радовала се макар сестриној срећи, али чекајући на њену удају и Софији се ближила двадесет четврта. Отац је на Софију био посебно осјетљив и више наклоњен него према иједној кћери. Била је врло оштроумна и разумна, вриједна и осјећајна.

Због тих особина је имала његову наклоност, али слабост на њу је имао и из разлога што је била ситна и слаба, бледуњава и болешљива. Страх за њену будућност је била јаснија него за Росину, и стога је одлучио обзнанити да се Софији тражи муж, а Росу ако неко затражи, неће се бунити.

Лагано неспокојство слично некадашњем Росином, подвлачило се у дјевојачко срце жељно љубави и пажње. Софија се осјећала веома усамљено. Њена мудрост је одговарала далеко старијим дјевојкама, али је истовремено красила безазленост и простодушност. Та нека унутарња неусклађеност, често је оптерећивала. Знала је да би требало да се уда за човјека који потражи њену руку, ма како имовински стајао или изгледао, а са друге стране њена њежна и осјећајна природа се бунила томе, те је жудила за младићем сличним њеној природи.

Те године меке пахуље су се бешумно спуштале на земљу, и за кратко вријеме прекрише читаву пољану. Прхки снијег наликовао је чврсто умућеном бјеланцету, које се неспретном грешком домаћице излило на земљу. Било је хладно и мраз је без милости штипао дјечије и дјевојачке образе.

Мушка лица прекривена густом брадом, теже је успијевао савладати.

У тој природној надмоћи, убрзаним пролазницима једина одбрана су били журни кораци, како би се што прије скрили у своје топле домове. Ријетки су били толико одважни да лаганом шетњом уживају у врло хладном дану.

Судећи по првом календарском дану зиме, слиједило је дуго и врло хладно годишње доба. Ипак, упркос неугодној хладноћи сва та бијелина је изгледала врло привлачна и чиста. Тог јутра док се по мећави која је урлала враћала из другог села, након што је била у посјети сестри, загријавале су је лелујаве мисли о мужу каквог би могла имати. Прогониле су је дјевојачке наде о љубавним тренуцима, о каквим је читала у књигама поезије коју је вољела. И сама је крадом писала. Кренула је цестом, док је зима ојачана снагом вјетра љутином сипала и разносила пахуље по зраку. У сусрет јој је долазио младић од чије прилике њено усамљено срце уздрхта.

Заштићен капом и високом крзненом крагном, ходао је одважно не спуштајући главу под налетима леденог вјетра. Погледао је отворено и знатижељно пролазећи поред ње. Те очи су имале плам и топлину, која загрија њено срце и руменилом обоји блиједе образе. Пролазили су једно покрај другог, и када су били тако близу да су им се рамена могла дотаћи, он је још једном без устезања погледа и лагано се насмијеши. Чинило јој се да су стари и драги познаници, па чак и више од тога. Срце задрхта у дјевојачким грудима, знала је да више неће бити мирно. Са чежњом ће се питати ко је младић, и да ли ће га више икада срести. У тихом узбуђењу се окренула за њим када је прошао, али је он једнако усправан корачао, ни не осврнувши се. То је погоди као кад неко свјесно или несвјесно начини увреду, и неспокојство је обузе. Очи јој се замаглише сузама, те настави корачати слушајући снијег који је шкрипао под ђоном чизама. Наслућивала је да је меки немир запалио њено срце. Њежност његовог погледа која као да није из овог свијета, зароби је потпуно. Учини јој се да се лахор благих пољубаца спустио на њене усне, и обузео је попут благе и чулне музике. Гласно уздахну и крену својим путем. Читаву је обузе обамрлост која је оживјела због изненадног љубавног заноса. Знала је да је тог дана завољела, и да му је предала читаво своје срце. Чежњу је замијенила јасна љубав.

Вјетар који је гурао у леђа, спотицао јој је ноге и она се уз напор кретала. Изгледало је, да јој се са сваким фијуком оштрог вјетра његов глас обраћао најумилинијим изјавама љубави, и да је силина вјетра гура у његово наручје.

Самотно дјевојачко срце запали пожар неокушене љубавне грознице. Од тог случајног сусрета више нијеван дан њено срце није било без трептаја. Код куће је послове обављала са још већом преданошћу, а блиједе образе је повремено бојило руменило, па се опет повлачило, одајући исцрпљен и врло блијед израз њеног лица. Сви у кући су примјетили да је видно другачија, некако замишљенија, и као да је вео неке тајне невидљиво обавио њено биће. Једног дана док је погнута над ванглом мијесила хљеб, устрептало дјевојачко срце снажније закуца, присјећајући се очију које је срела прије већ неколико мјесеци, и она несвјесно испусти јецав уздах, патећи за поновним погледом младића који је оно јутро однио њен мир. Отац је пажљиво загледа, па упита:

— Мила кћери има ли нешто што би требало да знамо? Чудна си дуже времена, да не постоји неки младић који би ваљало да разговара са мном?

Постиђена и затечена сагну главу и неодлучно порече било какву истинитост у очевом питању. Знала је њена женска природа да је нико не би разумио, и да би отац могао посумњати у њену озбиљност. Сем тога како да разговара о младићу коме се само лика сјећа. И очују! Очију са тако смјелим и одважним погледом, које јој ништа нису обећале, а ипак су се трајно заковале за њено срце. Како и шта да каже оцу, када је свјесна да није добра прилика за удају, што због сталежа, а што због свог болешљивог изгледа. Коме ће она супруга постати, већ јој је двадесет пета, и све више је напушта нада да би могла наћи човјека који ће је волети.

Али онако истински! Онако како се воли жена из романа, љубављу о каквој чита и снива.

Спокојно подиже поглед према оцу и тихо прошапта.

— Нема никакавог младића оче, тек тако. Лијепо је вријеме па ми извлачи расположење.

Отац је благо и замишљено гледао, неспокојно примјетивши да је још блијеђа и мршавија. Страх испуни његово срце, те је благо помилова по коси и нареди да сједне након приправљања хљеба. Старијој сестри заповједи да га испече, а он подбоден неким инстиктивном стрепњом, оде у собу и напуни лулу дуваном. Дубоко повуче дим и наслони се о симс прозора. Очинска њежност какву није показивао, испуни његово цело биће. Софија је имала посебно мјесто у његовом срцу. Пекло га је и то што га је ових дана за њену руку питао син трговачког газде — Милорад, који је отворено тражио много већи мираз него што је он могао да му да.

Пекло га је и то што се цјенкао за руку његове кћерке, као да је теле на пијаци, уз то набрајајући јој све фалинке.

Те оволико година има, те блиједа и јефтичавог изгледа, те ситна, те не може због мршавости добро радити. Све је то њега пекло изнутра и све мање се надао њеној доброј удаји. Али данас! Данас га је погодио њен занесен изглед док је мијесила хљеб. Сигурно је мислила о неком младићу. Само тако изгледа лице дјевојке која воли. Наслућивао је он неку дубоко закопану тајну младог срца, али није могао одгонетнути о чему се ради. Да ли је због тихе патње тако омршавила? Осјећао је ударце срца како бију под њедрима женског бића, а данас му је изгледала лијепа као неки усамљени цвијет на широкој ливади.

Што није неки богат газда, па да добро удоми своју кћер!? Не би се за њу онда цјенкао онај покварени Милорад, који га је тако понизио! Он би онда њему јасно показао мјесто које му припада, а овако... Овако је само несретно ћутао, када је набрајао мане његове кћери, као да се на пијаци продаје нека оштећена роба. Познавао је он душу његове кћери више него што је она и слутила. Знао је да је њено срце прожето бесмртном љубављу из доба племића са дворова.

Али је исто тако знао да јој такво што никако не може приуштити, и да такву срећу ниједна његова кћер неће имати.

У данима и мјесецима који су се смјењивали Софија је била све тиша, а све више занијета неким унутарњим осјећањима. Видјело се то у њеним крупним очима, које су се чиниле попут неке разгранате крошње без иједног плода. Некако јој је и поглед постао бесплодан. Само се нека ватра наслућивала у њој, као да је стално у некој тихој грозници. Кретала се тише, повремено дрхтурећи.

Копнила је пред њиховим очима, а младалачка плахост и бујност отицали су попут силовите ријеке, која је остављала пустош за собом. Ипак у њеним очима је остао исти сјај какав је имала онај дан, кад је мјесећи хљеб ускликнула у љубавном заносу.

Софија је оболила од јефтике, која је све више нападала њено тијело, али ни за тренутак није засјенила љубав у њеном чистом срцу. Њено самотно и жалосно лице је на махове попримало ружичасту боју, као да се нечега присјећала и нечим тјешила. Повремено западајући у грозницу, покаткад је бацала погледе ка нечем само њој знаном, и тада је њено лице попримало живост и радост, као да добија невидљиву помоћ.

Смијешила се и тако загушена од силног и тешког кашља. А њена прилика је насупрот вањском кидању, доживљавала утјеху и љубав, какву само имају вољене жене. Опазила је оне топле мушке очи, и осјетила чврсте мушке руке, које су је придизале док је кашљала и брисале јој ужарено чело. Мушкарац из хладног зимског јутра, овејан пахуљама, намјештао јој је јастуке сваки час, и држећи у наручју пјевушио најумилнију пјесму о двоје који се на вјечну љубав заклињу. Тек покаткад, сјенка бола се простирала њеним упалим и блиједим образима. Али очи! Њене очи су имале жар и живот у себи. Имале су радост и свјетлост која се чудно растакала, и чинила њено лице на махове чак и лијепим. Све је некако добијало обрисе час самртнички опхрване жене, час оживјеле покојнице. Умирена слатким шапутањем мушког гласа, и његовим сигурним загрљајем док је сједио поред ње, упадала је у тренутке грознице и тренутке слатког спокојства. У ноћи док је мајка тихо уздисала, а отац дубоко замишљен и потресен сједио крај њене постеље, обасјана свјетлошћу свијеће Софија покуша да се усправи. Ширила је танке, блиједе руке и грлила невидљиву прилику.

Болове у прсима је ослобађао неко невидљив, а јасно присутан.

Сјенка олакшања и охрабрења је покривала њено измучено лице.

— Кћери, Софија кћери, како си? — загледа се несрећни човјек у лице дјетета које је некуда тонуло. Приносио је пламену свјетлост свијеће која обасја њене велике очи, у којима је лежао спокој и занос. Некако је све чудно изгледало. Она тако измучена, болесна и слаба са самртничким изразом лица, а широм отворених очију у којима је царовала сладострасна љубав и испуњење вољене жене.

— Он је ту оче. Ту је поред мене и воли ме, као што се ниједна жена није вољела. Тјеши ме и штити од ове ледене хладноће, која штипа читаво вече. Каква ноћ... Каква страшна и чудесна ноћ. Покрива ме његовим тијелом и кретњама ме брани од налета хладне зимске мећаве, у овој залеђеној равници — кроз самртнички ропац, гушећи се изговори Софија, и глава јој клону на бијели јастук.

Сестра и мајка горко заплакаше, док је отац потресен ћеркиним отмјеним сањарењем, склапао њене дјевојачке капке у којима је жива љубав у путеном жару, донијела олакшање последњих часова њеног живота. Изгледала је као заспала тако умирена и утјешена. Софија, жена која је умјела да воли нетакнутом, а доживљеном љубављу...

И шта бих могла да кажем након овако потресне и истински одане љубави женског срца, према младићу кога је само једном у животу видјела. Женско срце је дубоко и тајновито, вјерно и предано када јасно у својој нутрини препозна љубав. Дивим се женама некадашњег вијека. Колико туге и смирења су имале, а опет жалим и родитеље попут њених, које је сиромаштво кидало кроз патњу кћерки и личну немоћ да им омогуће живот какав прижељкују. Колика храброст је красила људе давних времена! Колико мора да пате родитељи дјеце, коју прерана смрт отргне и однесе у бездан! Таква голема туга, какве ли ране носи...

Живот тако брзо промиче и односи и младе и старе, али мислим да је највећи потрес када се млад живот угаси. Како ли је Софијиним родитељима било? Како ли је свим родитељима који имају такав рез на души? Када бих имала моћ да их утјешим, то бих учинила кроз писмо свима који су на неко вријеме, само привремено остали без својих најдражих. Па, нешто се мислим да напишем писмо као да се обраћам

Софијиним родитељима, и свима од памтивјека до данас... Губитак некада, губитак данас и губитак у будућим данима је исти. Људско срце повријеђено оштрим болом мора наставити живо куцати и разносити крв до удова и органа, ма колико човјеку било мучно кретати се, и ма колико му се жеља да помогне и утјеши себе чинила далека и страна.

Ево овако бих то срочила:

ПИСМО

Можда се и сам чин писања писма свима вама који сте изгубили своју дјецу, родитеље, брата, друга па чак и кућног љубимца чини необичан, самим тим што сам веома млада и пуна живота. Имам скоро петнаест година, и живот је тек испред мене, али ипак нисам толико несвјесна да не могу осјетити како је тешка суза за оним кога више нећемо видјети у овом опипљивом, физичком свијету. Тешко је разабрати ријечи и донијети утјеху, а истовремено мислити о свим тренуцима у којима више не допире глас и присуство оних које човјек никако није желио изгубити, нити остати без њих. Кад се све прекине, како наставити даље? Искрено, премда сам искуствено неука, у себи разабирам да сви имају истовјетан пут. Тај пут је један једини. Наставити даље! Приступ и начин том наставку може бити различит. Свако у себи нађе лични израз и помоћ, након што прође вријеме у коме одбија прихватити да се то десило и да драга особа никада више неће ући у заједничку просторију.

Мислим да је важнији онај дио док имамо наше драге живе и здраве. Колико је важно вољети, и без стида показивати своја осјећања, цијенити и поштовати сваког човјека, без обзира био млад, или неко ко се природно и полако спрема у ту извјесност, која нас све чека. Отворите своје срце за свакога, и имајте саосјећања у себи. То олакшава и умањује људску муку и доноси, макар призрак растерећења у души. Савјест буде мирнија и олакшана, бар за оне ријечи које никада нисмо изрекли у љутњи. Размишљам о томе када људи оду, а сви ћемо отићи, чему туга за тијелом које свеједно припада земљи?

Шта нас толико боли, када нас ненајављено, или очекивано након тешке болести неко напусти.

Рећи ћете: Живио је, али не довољно!

Ипак, мислим да у нашем поимању довољности никаква дужина пута не би била довољна, након које не би рекли: Мало је, тако мало је живио.

Свако дође са личним задатком на земљу, и када испуни и заврши тај земаљски посао, одлази остављајући дио себе у том вјечном трагу. Како би свијет био лијеп и олакшан, када би га испунили мислима о томе каква добра дјела можемо причинити и освјетлити тај одређен пут примјерима великодушности.

Кајмо се за лоша дјела, а журимо милосрђем ка ближњима, па ће тако након нашег одласка они имати већу утјеху него празнину. Тражимо опрост једни од других, и молимо се једни за друге. Радујмо се свачијем успјеху и доносимо утјеху ожалошћенима, молитвом за њих и њихове драге који су отишли. Живот не мирује. Промјењљив је у свом току. Једни одлазе са тог путовања, други пристижу, и тај животни точак не престаје да се креће откако је свијета и људи. Присјећајте се путовања те душе док је била на земљи, и она ће вас дотаћи. Намјесто суза у небеске путање упутите осмијех, и осјетићете лакоћу и љубав која се излива на вас.

Хајде да сви одстранимо притужбе,

живот ће бити љепши.

Хајде да сви помогнемо једни другима,

живот ће бити лакши.

Хајде да сви понудимо блискост,

живот ће бити повезанији.

Хајде да сви угушимо ружне ријечи,

живот ће бити слободнији.

Хајде да сви чинимо више од обавезног,

живот ће бити вреднији.

Хајде да сви будемо молитвено сједињени,

живот ће бити благословен.

Хајде да се након одласка блиских или даљих присјећамо само лијепих тренутака, сам губитак ће бити умањен и одједном ће све имати неки смисао. Сањајмо о доброти и стварајмо је. Након одласка, ако блиски немају много тога да се присјећају, нека макар упуте молитву за душу која је отишла. Да се не мучи кривицом, него да се окупа у простоти чистог људског срца које зна да воли и прашта. То је важнији дио људског постојања, од онога колико се временски неко задржао на земљи. Мислите ли и ви тако?

Шифра: „Сара из Сарајева”

БЕЛЕШКА О ПИСЦУ

Алекс Сашка — Александра Гајић, рођена је у Сарајеву.

По занимању је медицински радник — физиотерапеут. Током дугогодишњег болничког стажа, стекла је велико искуство у раду са људима, и као резултат тога произашла је њена књига практичне психологије *Изазов 30 дана*, коју је објавила за Удружење слободних умјетника Аустралије. Та књига представља комбинацију психолошке радионице и путописа, у коме је до пуног израажаја дошао њен таленат за изражавање, као и слух за људске проблеме. Након објављивања овог необичног приручника, добила је много писаних свједочанстава, у којима читаоци-практичари описују како су уз психолошки практикум пронашли унутрашње задовољство, мотивацију и постигли велике успјехе у раду на себи кроз 30 дана праксе. Намјера јој је да у другом издању објави свједочанства захвалних читалаца мушкараца и жена, који су несебично подијелили своја искуства у писмима аутору.

Њена љубав према православној духовности и топао однос према најмлађима, резултирали су објављивањем књиге *Матеј и анђео — бајка за дјецу и одрасле*, у којој је на најљепши могући начин — прилагођен читаоцима, дочарала борбу између добра и зла, побудивши на поучан начин вјеру у анђела Чувара који поручује: „Вјерујте да доброта и најтврдокорније срце отапа”.

Сем прозе пише и поезију, тако да је као љубитељ писане ријечи уједно и аутор великог броја пјесама и учесник многих књижевних конкурса. За пјесму *Умрла села*, добила је Повељу за освојено прво мјесто на конкурсу Удружења слободних уметника Аустралије „Топла реч 6”, у специјалној категорији — описна поезија.

Такође је добитник Златне плакете у категорији — кратка прича, на Међународном фестивалу ромске прозе и поезије „Јатаган мала”, за причу *Богојављенска ноћ*.

Освојила је прву награду на конкурсу „Дрински књижевни сусрети 2021.” за књигу под насловом *Приче из старе шкриње*, у организацији издавачке куће АСоглас из Зворника.

На позив уредника и писца др Биљане Ђоровић, учествовала је у емисији „Говори да бих те видео” на Другом програму Радио Београда, која је протекла веома запажено.

Добитник је II награде на Фестивалу литерарног стваралаштва ФЕЛИС — Лазаревац, у категорији — проза, за приповијетку *Бијела дугмад*.

За издавачку кућу Добродетељ, издала је илустровано житије за дјецу Светог Харитона Косовског, у коме је на дјеци пријемчљив начин приказан овоземаљски животни пут Светог Харитона Лукића, и његова мисија пуна љубави према Богу и ближњима.

Члан је Удружења писаца Србије и Удружења српских књижевника у отаџбини и расејању — УСКОР.

Мајка је Кристине и бака Матије.

Живи и ствара на релацији Лазаревац — Источно Сарајево.

Алекс Сашка
САРА ИЗ САРАЈЕВА

Лондон, 2025

Издавач
Globland Books
27 Old Gloucester Street
London, WC1N 3AX
United Kingdom
www.globlandbooks.com
info@globlandbooks.com

Насловна фотографија
Maria Vybor
(https://unsplash.com/photos/two-kites-flying-in-
the-sky-on-a-sunny-day-1PrFdx04d68)

9 781916 918443